月亮河上那片云

陈吉斌 著

黄河出版传媒集团
宁夏人民出版社

图书在版编目（CIP）数据

月亮河上那片云 / 陈吉斌著. -- 银川：宁夏人民出版社，2023. 5

ISBN 978 - 7 - 227 - 07817 - 3

Ⅰ. ①月… Ⅱ. ①陈… Ⅲ. ①诗集 - 中国 - 当代 Ⅳ. ①I227

中国国家版本馆 CIP 数据核字(2023)第 097895 号

月亮河上那片云 **陈吉斌 著**

责任编辑 杨敏媛
责任校对 陈 晶
封面设计 文飞燕
责任印制 宋 华

黄河出版传媒集团 宁夏人民出版社 出版发行

出 版 人 薛文斌
地 址 宁夏银川市北京东路 139 号出版大厦（750001）
网 址 http://www.yrpubm.com
网上书店 http://www.hh-book.com
电子信箱 nxrmcbs@126.com
邮购电话 0951 - 5052104 5052106
经 销 全国新华书店
印刷装订 四川金邦印务有限公司
印刷委托书号 （宁）0026278

开本 880 mm × 1230 mm 1/32
印张 10
字数 180 千字
版次 2023 年 6 月第 1 版
印次 2023 年 6 月第 1 次印刷
书号 ISBN 978 - 7 - 227 - 07817 - 3
定价 48.00 元

·自序·

用诗歌洞见生命的微光

搭着时光的列车驶向远方，从故乡驶向异乡，从异乡驶向他乡——

用诗歌领略风景，认识世界；

用诗歌寻求真理，操守正义；

用诗歌书写人性，救度灵魂；

用诗歌洞见生命的微光，照亮人生的低谷。

人生处处有诗情，我以我手写我写人生。在长途跋涉的人生中，我将诗情集中洒在月亮河及其上的那片云。

月亮河，这个具有穿越时空、震撼人心的不朽丰碑，宛如一个女神，坐在那里或梦里，整个世界都会因为她的寂静而熠熠发光。无论我故里的乐水河与客居的沧江河，还是我所游历的他乡的大江大河，都如她一样，令我心驰神往、魂牵梦绕。不仅如此，她更是入歌入诗、源远流长的诗化意象和象征符号。

“那片云”亦是如此。

其实，月亮河上那片云，就是母亲河及其之上的那片天或那片地的美丽化身。因为哪里有母亲河，哪里就有城市村落；因为哪里有母亲河，哪里就有阴晴圆缺、悲欢离合；因为哪里有母亲河，哪里就有世相百态、风土人情、家国演绎与人生况味。

一双眼，一支笔，一腔爱，一颗永不褪色的诗心，足可以托起我诗歌的天空，足可以让我在人生的长河里，以无数的苦难打磨一颗坚韧的灵魂，使之高贵，使之坦然。正如：

我有时低下头，看清脚下的石头，再抬起头，望向远处的山峰；

我有时像一朵满载乡愁的云，飘向北方，是为赴启明星的宴约；

我有时发现自己不过是个哭泣的孩子，只有洒向沉默的眼泪；

我有时难以割舍刻骨铭心的美人、美景、美事，愈舍之而愈不舍，愈忘之而愈念之；

我有时让雨水把干涸的眼眶打湿，再将它囤积成一条澎湃的爱河，在心灵的贫血处，滋养一棵芬芳四溢的参天大树；

我有时将一块搬不动的石头，以梦的力度，连同它的曾经过往，雕刻成碑……

诸如此类的诗句，辑录成我斑斑点点、跌宕起伏的心路历程，或镌刻成我或明或暗、或远或近、或深或浅的诗性碑文。从这个角度来说，诗歌所洞见的，其实就是一次次或大或小的精神事件。

十年来，我一直践行着我的诗观：用俯身的生命视角，洞见生命的微光，进而仰视高贵的灵魂，提炼或夯实诗歌的质感！十年磨一剑。《月亮河上那片云》若真是一把剑，且不说它是否锋利，光说它较诗集《太阳花》《烟火天堂》，其创作视角及创作风格就有了大胆的尝试或明显的改变。

我尽量选取第三或第二视角，以现实主义或超现实主义的风格，触及并捕捉更广邃的时空，通过新、奇、巧的构思技法（如象征构思、矛盾构思、虚拟构思、借代构思、命题构思、辐射构思、道具构思、反意构思、侧面构思、对比构思、对话构思等），让所洞见的场景、意象、人物、细节等自己来说话，使之成为诗歌世界里的见证之物、记忆之物、命运之物、象征之物、时代之物、历史之物。

世相无声是一片云，故里独琴是一片云，沧河涟漪是一片云，他乡行吟是一片云。站在月亮河上的星空下，眺望远方的长河。当时光的滤镜上溯到我与其相逢又相别的那些时间点上，只见一段横木，摇曳在此岸与彼岸之间的泱泱云水里、苍苍蒹葭中。何以救度我的灵魂？我虽浑身已伤痕累累，已然被生活卸下一层又一层的盔甲，但我依然对生活报以微笑，依然用诗歌洞见生命的微光，照亮着自己的生活。以诗为证：

……

我常在秋天里，涉足溪水
盼着与白须飘飘的少陵野老相遇
或向一朵酷似他的云朵
载两眶茅草的目光

多想还原一场春望，还原盛唐的
故国之殇，花鸟之痛，还原
被朱门酒肉熏埋的死骨……还原一匹

瘦马，颠簸在华州古道上
鸣呼于浣花溪畔

再搭建一间草堂，替他
截取秋风。在鳞次栉比的广厦间
栽下一本草堂，结出淬炼的
文字、切肤透骨的风

草于仓庚林堂之冬
2023 年 2 月 4 日

目录 >> CONTENTS

用诗歌洞见生命的微光（自序）/ 1

第一辑　世相无声

来自幸福土地的呼吸（组诗）/ 3

一棵被遗忘的大树 / 5

城市飞花 / 6

念着孙子的手机照乐开了花 / 8

这棵树着实妩媚 / 10

门槛上的高跟鞋 / 11

剑　魂

——酬欧阳逢简重逢席上见赠 / 13

多想触及你的胸膛 / 15

通往六月八的考场 / 16

六月的雨 / 17

入禾家 / 18

一辆大卡车走过清晨 / 20
一枝鲜花开在我南窗下 / 22
有一条狗 / 24
灯光亮着眼也能入眠 / 25
白鸟颂（组诗）/ 27
被推上车的连根草 / 32
老　脸 / 33
蘑　菇 / 35
桃李颂 / 37
乌鸦嘴 / 39
流　星 / 41
报春鸟 / 42
春蝉为谁而鸣 / 43
四月的遗言 / 44
一片树叶飘落 / 46
甲骨文 / 47
你的世界长满花树 / 49
宝宝，妈妈多想抱抱你 / 50
一条狗问路 / 52
这些飞至城市的燕子蜜蜂 / 53
八年后，我又坐上了火车 / 55
五月的芒果树紫了又红了 / 57
凌晨五点 / 58

盈香里的野风诗词 / 60
流星雨 / 61
老人和他的村庄 / 63
一串风铃哑然失声 / 65
狗独守的家园 / 66
一条狗在巷道上蹲坐 / 68
清　明 / 70
一只奔向黄昏的甲壳虫 / 71
修鞋的女当家 / 72
掌纹地图 / 74

第二辑　故里独琴

走在归途（组诗）/ 79
清明花绽放在母亲的天堂 / 82
过年（组诗）/ 84
牛背上的故乡 / 87
走近郴州万花岩 / 88
东江湖，我魂归处 / 90
登千福塔 / 91
从八月的飞天山走过 / 92
空　巢 / 93
父　亲 / 94

致三江口镇 / 96
穿越九龙江峡谷 / 98
土桥镇上的太阳帽 / 100
叶氏古村 / 102
绣衣坊范氏家庙 / 104
津江村朱家大院 / 106
走进濂溪书院 / 108
走进沙洲村 / 110
堂伯母与养女 / 112
生　日 / 114
提壶入禾家酒踏上归途 / 116
父亲领我走进他最美的家园 / 118
老　井 / 120
一棵树的守望 / 122
一对老人，从旧年的尾页走过 / 124
变奏的 107 国道 / 126
107 国道上的那条狗 / 127
明星桥 / 128
石鼓桥 / 130
沙溪桥 / 132
父亲的三根骨头 / 134
一只狗在黄昏里走失 / 136
两棵香花树 / 138

冬日下的酒宴 / 140
年前的那场雾 / 142
父亲摔断了一根骨头 / 144
譬如年前的那场雨 / 145
一封发自老家的邀请函 / 147
出生地 / 149
母亲河上的水坝 / 152
牛鼻柱 / 154
失落的记忆 / 155
苞谷场 / 157
那一夜 / 159
天边的情歌 / 160

第三辑 沧河涟漪

今夜沧江河上传来佪家女的夜歌 / 165
中港广场工地 / 167
别了，沧中凯旋门 / 169
再别沧中凯旋门 / 171
小聚西岸木屋 / 173
冬驻高明一中荷塘柳亭 / 175
在杨和的枕边睡眠 / 177
我在风信子的怀里着了一堆火 / 179

泰康山上的红月亮 / 180
在高明海口赏月 / 182
西江电梯 / 184
冬夜漫步在荷城郊外 / 186
我是你等待的那片天 / 188
秋日下的荷城 / 190
水美村的夜晚 / 192
独上泰康山 / 195
暂且以铜像的名义 / 196
高明河上那片天 / 197
在清泰村的时光里（组诗）/ 199
泰康山上的瑶家古寨 / 202
坟典村，原本是最古老的书籍 / 204
香山江月，高明的咏叹号 / 206
怡乐路，以25°的腕力揽住西江 / 208
驶成渡轮的滴滴车 / 210
西江9号码头 / 212
三洲老桥 / 214
静静流淌的红色记忆（组诗）/ 216
三月，为小洞村献词 / 218
在小洞村的时光里 / 220
今夜，我被一棵桂花树击痛 / 223
天边古城，云朵的天赋之境 / 225

明城，一部有硬度的经典 / 228
高明人 / 230
致肖云 / 232

第四辑　他乡行吟

在惠州西湖的夜灯下 / 237
谁也无法丈量的距离
　　——在邓演达纪念碑前 / 239
罗浮山上的四大美人 / 241
做名海子守望他的海母 / 243
开一扇通向大海的门 / 246
赤坎，请接受我诗意的邀请 / 248
今秋罗定金银水库 / 250
长岗坡渡槽 / 252
贺州遐想 / 254
鲁家村，桃花江上的云仙居士 / 255
我看见逍遥楼在月宫之上 / 257
状元廊 / 259
伴手礼一条街 / 261
桂林的夜 / 262
桂林的胎记 / 264
第一次到深圳 / 266

登深圳梧桐山 / 268
整个徐闻都在举行婚礼 / 270
飘飞在仙鹤湖上的鹤影（组诗）/ 271
大雁山 / 274
在阳西月亮湾的近海处 / 276
沉默的韶关 / 278
天上人间看人间 / 280
赴约南昌 / 281
坐着高铁去重庆 / 283
昌北机场 / 285
登临滕王阁 / 287
在八一起义纪念碑前 / 289
老南昌的街巷 / 290
落一个吻在重庆的额头上 / 292
坐上驶往天街的早班轻轨 / 294
在磁器口飘成一粒尘 / 296
遇见棒棒 / 298
一本草堂遗落在琴江之畔 / 300
迷失在岔道口 / 302
又见鸟鸣 / 303
请接受我这迟到的霜降 / 304

第一辑

世相无声

来自幸福土地的呼吸（组诗）

碎纸的哭泣

碎纸撒落，凌乱的脚步，狂奔在
幽静的小巷。敲打着洁净的街面和光亮的拐角
在雨中哭泣，在溢满芳香的草地上归于平静

垃圾箱的心声

始终保持不变的姿势默默守候
守候阳光、风雨、鸟鸣，守候夜深人静的足音
和欢声笑语

废车的遗言

昨日，我招摇在空旷的原野上
或城乡的公路上。今天，我被强行推进了一间
废车场。深夜，我从梦中醒来
看见无数血淋淋的冤魂从车轮下复活
向着四周探路而去

自行车的叮当

美丽的黄昏，青青的河堤，凉爽的晚风
伴着夕阳浅唱，和着碧水低吟
穿过静谧的森林，转过幽深的小径
投向鸟语花香的青山绿水
一声叮当，敲响早晨初醒的希冀
上班路上，熹微下。心儿跳动着来自
幸福土地的呼吸

2012 - 10 - 28

一棵被遗忘的大树

有棵大树，被遗忘在
城市的角落。它坚挺残躯
抵不住悄然落幕

它的遭遇，让我平生第一次
深感恐惧——
它走不出残垣断壁，正如我
飞不出荒郊野岭

认命，还是抗命？
我枯败的大树！请接纳我
这只断翅的老鹰，让我蜷缩在
你怀里，做条苟延残喘的虫
陪着你的繁华落幕

2015－08－29

城市飞花

1

杜鹃爬在城墙上扮新娘
却发现新郎从朝霞中跑出来
一直奔向新娘。像一场
等候在黄昏里的婚宴

2

确知心爱的龙公子仙逝之后
凤凰便化作三朵云——
一朵变成太阳的火焰
一朵化作月宫里的嫦娥
一朵散落在人间，长成
棵棵凤凰树。如今燃烧在城市里的

凤凰花，就是她献给龙的传人
最美的遗言

3

白玉兰是城市里的一粒寂寞
却将年年岁岁的清香，流光溢彩在
摇曳的枝干和婆娑的绿叶间
甜蜜着大街小巷的笑脸，安宁着
五月星辉里鸟儿的梦眠

4

荷花像女孩的笑靥掉在碗中
像太阳满脸的娇羞坠落在夜的
藤椅上。盼着明月洒下
清辉，迎接丰盈的晚宴

2016－07－11

念着孙子的手机照乐开了花

一对老人守着一座城
守着一座城的日出喧嚣
月落寂寞

突然有一天，一张
刚降生的孙子手机照
以三十万公里的速度
从东莞发来——
点亮了两对风烛残年的眼睛
灯下。发梢一拨
一拨地冒出新芽
阳台上。枝丫一阵
一阵地绽放鲜花

从此，一张张孙子的
手机照，让一对老人

回到了岁月的源头

快乐出发

2017-03-31

这棵树着实妩媚

建筑工地上。行人
注视着一棵树——
在高楼之上。它的舞姿
婀娜妩媚

它像极了杂技人
一面看着自己枯瘦的日子
一面挣扎、攀升在异乡人的
仰视与掌声中

它的脚下。只是
一丁点宽的缝隙地——
这棵树着实妩媚

2017－12－06

门槛上的高跟鞋

天边传来“嘎吱嘎吱”的清脆
一对高跟鞋。轻轻
敲打屋檐下的门槛
溅起水花

门槛矮小。他伸出
一把椅子，让她坐下。她报以
大长腿几声嘎吱——
嘎吱的娇媚

这嘎吱嘎吱的
娇媚。像深宵的音符
有着门槛一样的纯度与温度

雨停了。高跟鞋走了
天外又传来嘎吱

嘎吱的清脆。等待她的或许
又是一个美好的雨季

2018－02－05

剑魂

——酬欧阳逢简重逢席上见赠

坚挺的锋刃，托起破晓的神话
凄苦的风雨，铸就旖旎的奇葩
穿过世事繁华，浪迹江湖天涯
曾经的花痴，远离花前月下
曾经的阔少，已是雄姿英发

千古流水，一世落花
世间有太多有意无情的龇牙
山盟海誓，甜言蜜语，不过是
随波逐流的浪花

提一壶好酒上路，醉一夜的乡愁青发
挥一把剑影出发，醒一路的瘦马啼嘚
泪在洒，洒尽红尘杨柳
血在烧，烧遍人世浮夸

从此，只身孤影，了无牵挂

浮灯隐市，诗琴书画
今生酒伴江湖，来世剑铸天涯

2018－02－09

多想触及你的胸膛

为何触及不到你的胸膛
是与五月的阳光坐错了方向
还是去往你心岸的路太长

早就认得你，在我的故乡
为追寻你的目光，我把
异乡走成悠长

风，飘来你的芬芳
楼，浮现你的匆忙
诗词一样的远方。还闪着你
梦寐的光芒

多想触及你的胸膛
像触及竹君一样，将节节
昼夜，筑成层层天堂

2018－06－02

通往六月八的考场

一场台风雨
从昨日的五级下调至今日的九级
通往六月八的考场
不再是罗马门前的大路
而是水漫金山的城河
从昨夜的 0.2 尺
深至今晨的 0.6 尺

雨还在下。车流涌入——
城河万船千帆，引擎长鸣
考场就在对岸。这可是
莘莘学子必闯的难关

孩子别怕！爸妈这就带你走
叔叔阿姨别急！公安干警
这就载着您的孩子渡河去

2018 - 06 - 08

六月的雨

寂寞的棋子，掐着每一次
昼夜交替的孤单
轰烈的世俗，发出流光
匆忙的脚步

暂且忘却天堂。将自己
放逐在河床的沙洲，来一场
淬火之痛——
重生，站立。喊出
撕裂的目光

为这些曾经熟知的车马人群
为这些将被六月的雨
洗刷的土地

2018－06－30

入禾家

花看杏雨，听一口陕甘秦腔
塞上白马，带一身黄土粗犷
边关冷月，宫杨墙柳，留不住
大漠铁汉柔情。别秦川，走西口
闯荡江湖把梦逐

成败常事，输赢便饭
世间古今常以成败论英雄
千转烟尘，百折风雨
功成名就万里愁，不自由
何处是晨钟暮鼓

风吹麦浪，胜似稻花飘香
夜放烟火，醉落星河天堂
情切切，意悠悠
总把乡关挂心头

当年勇，闯东北，壮志酬

谁料？千万身家转成空
谁料？绝处逢生下广东，进佛山
深入高明圈。深藏功名涨身价
相忘江湖入禾家——
同道中人、文人墨客，前来
品茶，喝酒，吟诗，作画……
事了拂衣去，笑看烟与云

2018－07－18

一辆大卡车走过清晨

一辆大卡车
像一本厚重的历史
在街道的拐角处张开扉页

它没有停下黝黑的巨轮
像早行的大叔啃一块馒头
一口，又一口
还没啃完，随手便跳出了
狭窄的胡同

它碾过一道坑洼，溅起
四轮水花。像咿呀呀催泪的哑巴
与这宁静的早晨对话

它驶过清晰的瞬间
在街道模糊的尽头消失

它要奔向充满泥泞、险滩的
远方吗？为何丢给路人
无尽的遐想

2018－07－27

一枝鲜花开在我南窗下

推开南窗，一枝鲜花
温柔地冲我笑。我惊慌失措
不知如何应对她

不久，我深深爱上了
这枝从未见过的花朵
她就在我的南窗下
亭亭玉立，大大方方
在风中雨里阳光下
散发迷人的味道

踏在陌生的土地
路上鲜花朵朵，我却
异常地沉默，凄凉地走着

南窗下的那枝鲜花哟
我是为你写首诗，还是
为你唱首歌。也许

你并不知道我的存在
也许这样的日子不会太长
也许……

2018-08-03

有一条狗

你说，乡下好多狗，不凶不恶
你特意拍下一条，像我
我没告诉你
这一条可能就是我
怪不得你见了，似曾相识
可爱又亲切
你看，没错吧
你在哪，它就跟在哪
乡下的蚊子、苍蝇特别多
它们黏着我追着我，满巷子跑
你发来的那张照片
让我回到了童年的村落
是我久违的梦魇
亦是我中年的困惑

2018－08－10

灯光亮着眼也能入眠

远远的街灯，睡意阑珊
在夜深人静的苍穹下
它挺挺地立着，亮着眼
憨憨地入眠

街道依旧敞亮
道旁树、楼墙壁依旧灿烂
那些夜班族、夜行猫、流浪狗
全都哑然失声。是怕惊扰了
一座城的睡眠？

满街的霓虹灯闭了眼——
带走它的美轮美奂，不再招摇
对面的旋灯游炮也闭了眼
它的妖媚与光艳只能陪伴那些
轻歌曼舞、绿酒银杯
左邻右舍的灯光闭了眼——
它们习惯了顺从主人

苦涩的鼾声，静待天明

我的灯光夜夜亮着
亮在岁月的暗河畔、山峦的
缝隙间。有时游走在故乡或
异乡的坟岗上，化作
一堆磷火，一缕炊烟

2018－08－11

白鸟颂（组诗）

1

我于枯竭的水井边出生，面黄肌瘦的
生命特征，如一根针刺进母亲的心
如乌鸦落脚祖坟，抖落父亲阴郁的脸
那是个饥荒的年代，雨天多过阴天
阴天多过晴天。一切都顺其自然
包括人类的生死，唯独切肤之痛
像不散的阴魂，一直于忘川之中
漂出血来
并非我的求生欲望有多强，也并非
我的生命抗压力有多惊人
而是你的快乐使我对你的世界
充满着无比的好奇、无穷的梦想
在门前的田野上，你是轻翅的白鹭
是青天最洁白的仙灵

没有歌声，却把孤单的夏季
缀上了最销魂的清晨
最美丽的黄昏

2

要是有一身白衬衫、白裤子、白袜
白鞋，该多好
我定会展开双臂，学你
尽情地飞翔。在田野上
同样没有歌声，但有盘旋的舞蹈

这还不够！要是有一坛酒
与你同饮，该多好
如果醉了，就让我们睡入这
绿色之邦

那么就用我的身子粘上粉状的
酒引子，搅拌那层层稻波麦浪吧
在炎炎烈日之下发酵
酿制一大缸土炮
贴上标签，名曰白鸟

3

一首歌，让你闯进我的世界
丹顶鹤，白色的初恋，朦胧而缥缈
你远远地隐没，把我忘掉
我痴痴地靠近，把你寻找
山长水阔，千里迢迢
忘记我一切的疲劳、疾病和焦躁
你在哪？这一路风啸、云飘、树摇
还有身上血液的逍遥
远方，这来时的路上
一想起你悄无声息地遁世归隐，便
涌起忧伤而甜蜜的思潮
为美，我愿与你保持最美的距离
为新生的爱情，我愿与你
活到天荒地老，永不枯凋

4

谁的步态如此浪漫？摆开盛宴
在这迷雾的清晨，我不知道
是哪种昆虫在它的脚边
没有了惊艳

稻花香里，有它婀娜的身段
有远山青黑的缀白，有垄上
槐花或桂花风舞的浪漫
你看，它伸长脖子，一头扎进
幽深的溪涧、湖边
给苏醒的村庄赋予清脆而
安详的呢喃

阡陌如蛇，蜿蜒
莲花如灯，缠绵
紫薇、白玉兰、藤蔓，如仙女
浅笑搭肩，把手牵
狗吠深巷中，鸡鸣桑树颠
青蛙鼓鸣、蝉儿沉鼾

在这静悄悄的世界里
我只是一个早来的等待
等待天鹅，这高傲的公主
这统御天际的主角，缓缓步入
这掌声四起的大舞台
这迷雾、鲜花、绿意簇拥的
宁静港湾

5

一只白鸟从头顶飞过
像是刚从遥远的海滨归来
身上还翻腾着大海的尾翼
岛屿的摇篮曲，太阳的亲吻
星星的眼泪……在这宁静的早晨
唤醒我心中那缕不死的忧伤

一只白鸟从头顶飞过
像是刚从佛山之巅归来
身上还闪着莲灯的光圈，念经的
蹲佛，露湿的暮鼓晨钟
与木鱼檀香。在这宁静的
早晨，唤醒我心底那缕
早已死去的神往

2018－08－11

被推上车的连根草

潮湿，阴冷，寂寥
一堆被推上车的连根草
不知运往何处？
穿越寒冬。远方，其实是
一个赌局或是一座刑场

也许是生命的一种超度
犹如于轮番暴晒、风干的途中
从肉体，抵达灵魂
从灵魂，抵达肉体

天赐予一场狂风暴雨吧
让迎生或赴死着床于泥土
直至溪流与春天

2018－12－26

老　脸

重逢，是在我冷藏多年的镜子前
我审视着你，似曾相识，却
相见恨晚

你是一沓枯黄厚重的考卷
我要翻阅多久才能读懂、领悟
你饱含的意旨

你的轮廓，薄如片纸。根本
容不下一丁点儿的私欲、虚伪与辱没
你的世界，沟壑纵横，冰霜覆盖
早已存放着阡陌、山冢
蓬草……一间破旧亮堂的祖屋
一口摇着清泉的老井，两把
锋利无比的锄具

你的天空，飘满中风的云脚
在我仰望你的时刻，你已将

那条挺拔的脊梁，嵌入
我身躯，直抵我心深处

2019 - 01 - 23

蘑　菇

常见你，在你引以为豪的餐桌前
你高贵得叫人啧啧称赞
初识你，是在母亲贫瘠的掌心
灰黑的大盖头，内敛的身躯
细长的腿脚……比见过的
老鼠、鸟儿、田鸡、蛇都美
甚至胜过所有的景致

你长在饥城荒乡之外的
冷仓寒库里，以亭式独特的
建筑艺术，占山为王
以四季芳名，威震八方
使左邻右舍的野菜，妒忌不已
都是植物的侏儒！你不就是样貌
有点乖张吗？谁不晓得你曾以
毒性害人，制造满头条的绯闻
但谁又知道，你潜藏于阳光
鸟声背后的辛酸故事。你一直与

饥渴的天空暗斗。有谜面，没
谜底，比山间的云雾还神秘
你常以高洁贤淑的气质示人
以赴汤蹈火的勇气，将青春
奉献给善良的人们

撑把伞，走进兔子的视野，捧
束七彩，编织孩子的梦幻
你是七仙的凡尘一恋，是童话的
空前一绝。事实上，这
仅仅是人们祭奠你的开始
亦是开拓你深沉文化的开端
虽说这并非你的本意，但
你真实！永远存在于
天地之间，上演你的传奇——
这岂是那些蝇营狗苟者
所能懂的！也许，这正是人们
迷上你的理由

2019－01－30

桃李颂

二十四年一转身，太匆匆，老眼昏花
这些曾经的小树苗，怎经得起老师
这番云里雾里的评头论足
喊不出桂兰是哪家的，原以为华中姓华
海水结冰，谁见？梦中的奇美
燕子结冰，笑话？童话里的故事
群仙是何方神圣？八怪的江湖一绝吧
李家寒彬，成了混世枭雄；李府家斌
倒成了府上永远的客人
水口的码头一个劲地韧，有勇有谋不说
还做了侠肝义胆的水泊梁山
见过生命之树常青的，没见过常青之叶
如此敏然超群的——莫非她要与
梁家才女斗志斗娇，一比高低？
何与罗并非同宗，但两家都以
海纳百川、广容天下的祖训为荣
何处可听天籁？难得素琴
在风霜雪雨的蹊径上，一对“凉鞋”

也能弹奏出高山流水
何处可寻得盛世芳华？是巢燕雀的梁栋？
还是栖凤凰的寒枝？吴家的红苹果
红润不减，光彩依旧。怪不得
聪明能干的何少，眉宇间总透出一股
英雄霸气；苍梧山上的阳辉灼灼迷人
可谓痴心又帅气。难怪天生丽质的文凤
愿与他长相厮守，相悦和鸣一辈子
天使般的鸽子哦，最爱和平！她的福音
与歌声全洒在了这向阳的土地
第二十四个春天说来就来，来得如此
热烈！喧腾！回味如影；展望随形
惠风芳影处——百鸟跃上枝红
青翠挂枝头，彩凤来飞，海云来游
宝慧时光共建，彼此珍重
定可见雪红，月亮河上欢哗一片

2019－02－03

乌鸦嘴

我不认为，它定会是一语成谶
报丧或叫黑，那也许是人们扣在
它主子头上的一顶帽子
欲加之罪，何患无辞？
一只鸟而已，仅凭它叫声凄然
它毛发乌黑，它常往死人堆里去
原来这世间的误会，就出于此
当不幸遇见巧合，百口难辩
当一只鸟遇见不幸，是叫它报丧
还是报喜呢？它含冤受屈
几千年，至今未雪
说什么世上就没有真正的巧合
说什么“怕什么就来什么”这类的鬼话
就凭它有太多不幸的巧合，就断定
它是凶手？就要定它永罪
它说你患有绝症，你就信？
你夜间撞鬼，噩梦缠身，就料定
它说的是真的。它还说你

死期将至、绝你十八代呢
可悲可叹啊！更何况你所听所见的
未必就是事实的真相
欲知真相，你还得跑趟医院
看看医生为你开的几张化验报告单
再说。你不信医院也行
你问问你头上那张发声的鼓皮
它能是杀人的凶器？除非你是
昧过良心、只顾动手的恶魔小人
一只鸟，它碍了你什么事

2019－02－23

流　星

点墨一缕心扉
落下凄冷的一句
这流传千古的诗词
无以言说的基调，慰藉了
多少不幸者的灵魂
又哽咽了多少幸存者的呼吸
为何含冤莫白至今？
一语成谶。谁会信？
最不愿触摸的根弦
凄然未绝，烟雨中的琴音

2019－02－23

报春鸟

一只鸟。在梦中鸣叫——
你还认识我吗
她的声音清脆而嘹亮

我醒了！惊醒于她炽热的
亲近，嘟囔着她的叫声
好奇她的模样

窗外。已是明媚的早晨
她飞走了。天空里又响起
她的叫声——
你还认识我吗
那声音美妙而悠扬

2019－03－10

春蝉为谁而鸣

清晨突然明亮
只因窗外蝉鸣
刚刚响起，抑或早已开始
从天上的雪峰云岭
直至人间的无名丘陵

春蝉为谁而鸣？莫非
也报春？有谁平生初遇？
初遇这来自夏国的
特遣先锋？

为太阳冲出囚牢
为万物英灵含笑于花丛
为诗人与百鸟——歌吟
清明，歌吟沉痛而
情暖的土地

2019－04－02

四月的遗言

一缕浸透土炮与芳香的魂
要与锈迹斑斑的老墙
诀别。一张飘落的夜嘴
用轻吻，诉说四月的花事
像一道通向
蔷薇之门的阵痛

气息是新的，住房是旧的
这四月底的夜啊！是她让它
用光芒的歌眼，斩去攀满
玫瑰的老墙与篱笆
晃进芦苇与小舟
摇曳的河流、湖泊

它调低呼吸，便听到海的心跳
并以炙热的嘴唇，回吻

这四月底的夜——

轻轻说：晚安

2019 - 04 - 30

一片树叶飘落

一片树叶，落在了黑夜里……
来不及告别，它仅留
人间的梦与鼾声

天窗地门外的脚步声
从未停止。鸟儿的歌唱依旧
伴随枝丫的萌生

夏去秋来。谁会误打误撞走进这
千林万树的葬礼？
你可听见，那慈眉善目的
风雨，又回到了它的故居
树下是它的一堆坟地

2019－08－12

甲骨文

厚重的坯土，捧着你不朽的石碑
不朽的石碑，捧着你不朽的傲骨与睿智
你以灵动的象形、苍劲的棱角
昭示着一个民族
生命的繁衍与律动
文明的传承与孤守

苍天为证。岁月的风雨，冲刷不了
你光芒四射的灵魂
山河为证。历史的尘土，掩盖不住
你凹凸的笔锋、你坚挺的铁骨
人类为证。列强的魔爪，涂抹不掉
也抹杀不了你的血脉里
强大基因滚烫的激情
……
在雷鸣电闪、虎口狼牙的夹缝间
你擎天拄地，仰天长啸
每一缕呼吸，都发自你破茧为蝶的神勇

每一声呐喊，都是你刺破苍穹的利刃
每一行字符，你都能在你自由的
方寸间，奏出
铿锵悦耳的旋律

2019－11－09

你的世界长满花树

一定是雨水把干涸的眼眶打湿
再将它囤积成一条肥美的
爱河或溪水

在你贫瘠的心灵之处
滋生朵朵花苗。你的世界
长满花树

让我在冬天行走，也能
瞅见你的呼吸与柔媚
让我遇见你，如同你遇见
最美的自己

2019－11－28

宝宝，妈妈多想抱抱你

宝宝，谢谢你！你让妈妈
在最好的年纪，成为一名母亲
你让妈妈，在最好的时代
遇见你，成为一对幸福的母子
宝宝，妈妈爱你！爱你用百般
炽热的心和目光，爱你红彤彤的
脸上那双淘气可爱的眼睛

宝宝，对不起！妈妈不得不
选择离开你。因为我们的祖国
正在遭难！作为护士，抗疫
前线不能没有母亲！尽管你
才六个月，尽管
妈妈多么希望与你在一起

宝宝，抱歉！把你舍在家里
妈妈的心很疼很疼。妈妈知道
你冷了，没有妈妈给你添衣

你饿了，吃不到妈妈的奶水
你病了，妈妈没能陪你吻你抱你
你哭了睡了，妈妈没能出现在
你的枕边，伴着你的梦呓

宝宝，请原谅妈妈！是妈妈带给
你感染病魔的痛苦。请原谅
妈妈！正在国难当头，妈妈也
倒下了，没能拯救更多的病人
没能第一时间去看你去抚慰你
妈妈知道，你在隔离病房里哭着
闹着“我要抱抱”“我要妈妈抱抱”
你把玻璃窗外的临时妈妈
临时爸爸全都弄哭了

宝宝，妈妈多想抱抱你啊
可是妈妈和你一样正躺在隔离病榻上
接受叔叔阿姨的治疗
宝宝，别怕！别哭！你要听话
你更要坚强！等你的病好了
妈妈的病也就好了。到那时
妈妈再补偿你一千个拥抱！

2020－02－06

一条狗问路

街道的十字路口。一条狗踟蹰
不前。它多么像二十六年前
独自南下谋生的我

我看着它，它也看着我
我举起右手，向身后挥动
它跑起来，从我身边
走过，发出一声犬吠

像偶遇一场梦！恍然醒悟
莫非它是老家门前的那条？
我停下脚步，转身——
它消失在夜色里

2020－03－21

这些飞至城市的燕子蜜蜂

燕子在屋檐下筑巢，蜜蜂在花园上落脚
它们呢喃喃……嗡嗡叫……
白昼之外的星也能听到

它们是坐着春天的列车先后到达的——
第一只在寂静的街头出现
第二只在阴霾的早晨出现
第三只在空旷的山坡出现
……后来它们三五成群地栖居在
城中的窝棚里或郊外的草木花丛间
它们飞进飞出，无论风雨
它们翩翩起舞，即使在黑夜笼罩着的
高楼之顶

夜下，我看见——
蜜蜂穿着粉色的裙子，推着粉色的吊车
铲着水泥混凝土，装进
人家的梦境

而燕子，在一天的忙碌之后
也在人家的酣梦中沉沉地睡去

2020 - 03 - 22

八年后，我又坐上了火车

在栗源小镇的包公庙前。它每天
将我的童梦拉长一寸……
它从北山“呜呜”地来
又顺着母亲河的流向“咔嗒嗒”地去

我不知道是梦载着我还是它载着我
将我的人生分批一节一节地运往南方
以至随了它，在一个姓佛名山的
后花园里生根发芽——原想他日带着
新鲜的种子再由它载着，飞向
更高更远的终点。佛对我说：
“哪是终点？根在哪，哪都是。”

后来，我将打捞而来的光阴脆响
换成“自由四轮”的嘀嗒。在原本挂满
皱纹和白发的狭小世界里，挤进
一具肥胖虚弱的躯壳

八年后，我又坐上了火车
才知道，失去的远比得到的多
它似乎在对我说："我还得将你分批
一节一节地运回老家。"

2020－04－09

五月的芒果树紫了又红了

晨昏或午后的卓越大道
两排芒果树列队整齐，举行
五月以来首场隆重的新书发布会
它是一部研究叶子的文本
以紫红色的封页，吸引每一个
途经者的驻足与目光
而陪它一同成长的读者，习惯了
它挂在风雨或阳光里晃动的
绿句子，开始孤单地行文、简洁地
白描、平淡无奇地诉说……里面
没有娇艳欲滴的花季年华
没有凄风苦雨下的枯黄与败落
它所经历的冗长而低调的绿
却是它高贵不凡的铺垫
此刻它让人想起杜鹃、凤凰、枫叶
和蜡梅。为一个个空空的躯体
吟诵或喊出一夏的火焰

2020－05－18

凌晨五点

我的鼾声，让整个世界一夜没睡
以致最后一声鼾，竟扯着大地
粗壮的曲子，从我惊觉的耳朵里
一缕烟似的逃走

窗外有推车经过，取走了我的酒气
和昨夜的梦。它的身后，一条
清幽洁净的路又回到了人间

天公起得很早！他第一件事就是拧开
水龙头。像拧开收音机一样
静静收听玻璃杯撞响的歌声……
这是一条从天而降的消息
载着天公残留的体温直落地府

云影也推着天光，迈开大步

攀爬在远处的高楼上。像跃上土丘的
大公鸡，在它高昂的头上，一顶
缀满彩霞的红冠正徐徐升起

2020-05-20

盈香里的野风诗词

一群鸟在云朵那边呼吸
太阳知道——春天走了，仅留下
夏天翠绿的忧伤
野风吹进来……吹进来
缕缕芬芳。在溢满芬芳的
云朵里，有鸟儿吟诵的
缕缕诗行

李白、杜甫、苏轼、晏殊
一个也不少。在望月亭上——
汤显祖与王实甫，鲁迅与沈从文
也在其中。他们摇着扇子
品着茶，正在谈聊有关野风
古往今来的一些事

2020－05－27

流星雨

你的出场，惊艳了我集聚
三十年的目光。以至我所有被你
挑动起来的神经，都在弹奏
编织、涂写一个少年对一位姑娘
顿然萌生的痴狂与梦想

你就那样走来——
摆着白面蓝底皱着褶的花裙
露出肚脐、薄如蝉翼的
罩衫、婀娜的身段、莲藕般的双臂
宛如天竺少女，翻越青藏高原
天山山脉、穿越塔克拉玛干沙漠
中原大地……火辣地柔媚地
性感地欢悦地向我舞来
向我歌来

在你的东方，是我一波
惊涛骇浪的蝉鸣，正从多年

以后的西江江畔，向你
奔涌而去

2020－06－07

老人和他的村庄

他出生那年，村后山还响着炮声
不久，村头插上了五星红旗

他的童年奔跑在洒满阳光的
西江沙滩上，田野的牛背上……

一个孤儿，做梦也不敢想能上学堂
他学会的第一组汉字是禾洲村
他的正名也是老师给取的

再后来。他用他的双手、头颅
托起了他的风雨，托起了他的田野
沙滩、渔船、母亲河、村庄与
他子孙满堂的天空

他老了！佝偻在城中村的街道上

一辆斗车在他身后拖着。仿佛
拖的是他的那具遗骨

2020－06－18

一串风铃哑然失声

一串被包裹、被邮寄的风铃
在经过两千多公里兜兜转转之后
被打开，被拎在风中——
它却哑然失声

这还是风铃吗？九个铃铛
九根线，竟紧紧缠绕在一起
像一盘无人能破的残局
店主温馨提示：始作俑者
并非这密不透风的方盒，而是它
绕不过的周遭之难

一串顺势而为的风铃
原本与人无冤，与世无争——
它多像我泱泱华夏之国
如今周遭受难，又岂能陆沉？

2020－08－27

狗独守的家园

它蹲坐在初秋午后的缝隙里
犹如雕像。光与暗分明。更多的
声、色、物、影，常在它的
时空之外

类似的守候者随处可见——
今夏的某个烈日当午，我就遇见
一个，正卧睡在 107 国道旁一间
屋子前的槐树下。过后我跟一个
文友聊起了这个民族：关帝庙，岳飞亭
列女传……静坐在血脉的长河之岸
守望波澜不惊的岁月

它用忠诚建造起属于自己的帝国
以盛载那些痛斥浮躁的坚实
它驻入人间。仿佛属相或星座

披上城乡的暮色，证明家国
或父母的模样

2020－08－30

一条狗在巷道上蹲坐

一条狗。蹲坐在圣堂村的
巷道中间。我的车驶近它已不到
三米。它仍然保持蹲趴的姿势
我为它止步，静静等待——

深秋，明媚的阳光切割下来
整个村落像被光与影奏响的曲子
不远处。一个老人正躺在摇椅上
晒着太阳。此刻——

圣堂村也蹲坐在黄瓮山脚下
守着日子，守着祖先留下的家当
似乎很乐意享受那分安详

城中村与城中林一样，端出
某种天然而成的默契。在繁华的

都市里，以这样独特的方式
宣示它的存在

2020-10-23

清 明

独居。一颗泛绿开青的心
能躲过多少布满阴霾的光阴
目光。能将多少尘埃押往刑场

枪声静默。嚼着阳光的血腥
风。闭不上它那张嘴！裹着
腐臭而张狂的唾沫乱飞

昨日。一棵咳出血的树，颤抖
一群嘶哑着喉咙的鸟，像
大地哑然失笑的脸，找不到
原生态的往年

此刻高楼。有人虔诚祈祷——
可怜的逝主啊！清明的天堂
定会永安你的魂。清脆的鸟鸣
正在触摸你孤冷的坟

2022－04－05

一只奔向黄昏的甲壳虫

一只甲壳虫，钻出了城门
在地平线上，它迎着夕阳奔走

它横过凤凰路，我抵至
凤凰桥头。在平山大道的
入口处，我们相遇互让：
它穿一套土色衣装，有一对
金黄色的八字长须

跟在其后，我追逐它的身世——
它起伏，摇晃，喘息
还流着汗。在洒满霞光的
平山大道上，它就是个谜

它已越上平山桥坡。伫立
昂首——我看见，一座村庄的
峥嵘浮现在黄昏那头

2022－04－10

修鞋的女当家

接过父亲的营当，像接过
一种宿命——那年她才
十七岁，接替落残的父亲
成了家的顶梁柱

在打工潮里。她漂呀漂
漂出血来。直至给一座小城
漂出一枚结痂勋章

她安营扎寨，在闹街里
一棵桂花树下。统领所有的
家丁，回报“破鞋们”的
礼遇——为一道道伤口
消炎，缝针，包扎……

二十多年过去了。再次遇见
她，却在繁华小城的
一棵榕树下。她像一张

虚拟遗漏的名片或阳光
暖暖地被我攥进胸口

2020－04－13

掌纹地图

不承想，祖先的遗作会隐藏在掌心里
脑海的左右岸，长满我神秘的藤蔓
一条河流，伸向母亲河的源头
一张渔网，打捞余晖，走在归途
一根皱纹，深陷风雨，敲打消瘦的光阴
一片红绸，兜兜转转，探寻我的身世
其实，我的面相棱角分明，我的言谈
充满感性，我的举止不乏张力。我是
A 型血，我左脑的银丝早于右脑出土
不承想，我会在掌心里遇见你——
会不由自主地举起左手向你示意：天啦！
我的右手正在拿捏一场思维的痛风
我知道，我的掌心里有太多的纠结
岔道口，环形岛，淤滩，溪水，丛林
沟壑，土坯房，祝楼阁……都标注了我的
祖先，我的出生地，我的左邻右舍
我的童年，我的初恋，我的大学——
我将它们排列，最后排出我盘根错节的

血脉传奇。我思想的河流顺着它们的
走向前行。我看见——
有人逆流而上，背着厚重的墓志铭
有鸟飞上云朵，叼着故土的名字
有水车咿呀呀地转，举着户主的标签
有牛儿哞哞地出工，披着被雨水、云雾
日月打磨的老茧，结痂，厚障壁
它们都有自己的轨迹，却总会交织
在一起，导向同一面手指的方向
我发现，当我伏案捧读书籍时——
它们却被我遗忘——
这么多年，被我遗忘在门牙里
被我遗忘在我怠慢着的
岁月的果核里

2022－05－05

第二辑

故里独琴

走在归途（组诗）

跟着水牛走

跟着水牛往河畔上的田野走
深一脚浅一脚地踩着
黄昏抖落的碎花骨——
跃上山岗。我看见
远处的炊烟，正向着
西天的云彩挥手

黄昏

夕阳的余晖，将地平线上的
云朵酿成一大坛女儿红
以至呼唤满天星、万家灯、渔盏、篝火
轻歌曼舞，纷至沓来——

我躲在天窗的门缝里，看着
暗夜的嘴，亲吻在
云朵的醉唇上

母亲病危

去年的秋风没能吹落樟脑的积水
今年的秋风又在耳畔尽情地吹
遗传的基因太硬。怎么也
打不开记忆的闸门——

一个孬种！竟然忘却了
母亲年后那次绝望而黯淡的眼神
竟然想不起老家村前那棵老樟树
枯死前托的梦

昨夜一叶诗稿脱臼，飘落在
西江之畔的岸堤。目光只剩下
孤苦伶仃的车灯一路呼啸……
呼啸着向北的长空

上帝的使者再次催响——
撕心裂肺的游子啊，正嘀答
嘀答地赶往归途

前世恋人今生亲人

都是前世漏网的鱼
你从黄河游来，我从长江游去
在三千年前的河床上
我聆听你划向我……划了
两千年的渔歌
五百年后的某天
我们成了一脉相承的陈氏家族
你守着你的乐水
我守着我的沧河

2015 - 12 - 14

清明花绽放在母亲的天堂

一生钟爱白色的母亲，成了
一缕纯白的歌吟。以至纯白的清明花
也绽放在她圣洁的天堂上

今天还是一场白色的雨，为您安魂
为您安魂的还有白色的橘子花、香樟花
莫怪子孙将您安葬在这远离
曾祖父母、祖父母阴宅的地方
因为子孙懂得——
您喜欢青山，它可坚挺您的脊梁
您喜欢旷野，它可让您心情舒畅
你喜欢洁白，它可陪您地久天长

母亲啊，我来看您了。我没带
烛香、冥币，我只捧着一束清明花
穿着一件白衣裳。我知道，这是您
最喜欢的方式

去年的冬天子孙葬下您的时候
这里只是一抔红土。如今这里成了一座
纯白的宅院，并在宅前为您种上两棵柏树
父亲说，好让您的灵魂安详在
千万年不腐的故土之上

就像这漫山遍野的清明花
永远绽放在您圣洁的天堂上。让它
散发您缕缕均匀的馨香，轻轻地
吹，袅袅地唱

2016－04－13

过年（组诗）

想家就回家

一条开了春的溪流
在窄窄的石缝间
溅起朵朵乡愁
在唇红的河两岸
飘落片片思念——
一杯酒
一朵乡愁
一片思念
来不及浸泡鼻孔
便从冬日的眼眸
溢出，又闯进春天的咽喉
刚爬上异乡的山坡
又直落故乡的
山谷。黄昏

醉在老爸的门前
黎明，醒在
老妈的坟头

2017 - 01 - 20

除夕

调皮的童年。排出鼓阵
捶打木槌子与鼓皮的旋律
炊烟袅袅，缠绵古老的山歌
一场团年的盛宴，一年
空前，万年绝后
人们常以对联祝福
年画祈福，利市赐福
沐足守福，灯笼求福
风筝献福；以爆竹之声
辞旧迎新，以福状的
烟花丈量夜的歌喉
以福状的中国结，温馨
鸡鸣犬吠的村庄

2017 - 01 - 20

春节

春节的爆竹烟花。在梦中
笑醒，绽放在黎明的枝头
顺着公鸡叫亮的山坡
迈开轻盈的脚步，踏出
春风的褶皱。然后
轻抚心田，撒播祝福
飘落一路一路的
笑容。或者捧上
几束礼花，站在
每条有情的路上，耐心等候
捎上几粒种子，埋在
返程的尽头

2017－01－21

牛背上的故乡

童谣飘在牛背上
从未飘出过牛的故乡
牛将草写成歌词
将溪水谱成曲
将耕耘与收获
看作歌曲的主题
并载着乡民们的悲喜与梦
我的快乐与甜蜜
老去……

我还看见冬天的秸秆上
伸出肥沃的手掌
一个桃红的春天正在
牛背上绽放

2017－05－20

走近郴州万花岩

梦见你，如你粉嫩的天空
飘在我透着梦香的掌心
走近你，如微波荡漾的维纳斯溪流
沐浴一场色彩斑斓的花语

昼与夜交叠，缪斯与维纳斯心领神会
刚拉下蝶恋花的戏幕
又上演凤凰双飞的舞剧
正看着杨柳枝的私会
偏被烛影摇红的紫薇吸引
前脚偷摘了武陵春的芳菲，后脚
已踏上小舟，轻轻载走
月下桥的妩媚

烟花夜放，春光无尽
怎么也走不出幽长幽长的灯隧
和痛彻心扉的欢愉
春光是游人的，而我

只是洞里的一粒石子

只有流星的尾巴扫过我的眉宇
像萤火一样闪飞。闪飞于
远空与暗河之间的丛林
在苍穹之下。发出声声鹧鸪
诗意的乡愁

2017－12－08

东江湖，我魂归处

走遍万水千山，猛然想起你
不下千万次地回眸
你摇曳在我异乡的影子

后来才知道，我爱你
已经超越了你的资兴小城
整个的岭南之子，都在歉意地
举着你的光辉，不只是
承泽于你的三湘大地

就像我，你的一个邻居
一个漂泊已久的游子
又回到了母亲河的源头
悄然闯进你的天空。从此
甘愿将痴情的归魂
揉碎在你的波心里

2018 - 01 - 06

登千福塔

我努力地试着见你，却始终未见
这注定是我前生与你
遥远的距离

今日走近你，为祈求你能赐予我
千颗之中的一颗福种
千朵之中的一朵福云
像大雁一样，我落脚于你
九寻之塔的福躯

我走了，满怀欣喜地揣着慈悲
驾着祥云，盘飞在
逶迤延绵的南岭之巅
从此，赐千福于人间
立福身于仙境
无论南去还是北归

2018－01－07

从八月的飞天山走过

从八月的飞天山走过
有天边白云笼罩闪亮的高林密树
溢满豪情的眼眸，如荣归的探花
轻轻叩响阔别久远的洞孔

八月，草木疯长，长至山峰与云天亲吻
欲飞青天，却痛无双翅、云梯
一路而过——
心潮哗啦哗啦地腾起腾落
尘世的喧嚣来来去去。在八月
有多少人的美梦托起，点燃又熄灭
燃起来：风风光光，轰轰烈烈
熄灭去：黯然神伤，悄无声息

其实
人在飞崖，当鸟儿一样啼鸣
人在江湖，当飞崖一样痴心

2018－02－02

空　巢

太阳的手最温暖，挥一挥就下山了
行人的山歌最动听，听一听就飘远了
云朵来来去去，将昼与夜搬进搬出
溪水叮叮咚咚，寒碜着一树
一树的羽翼与唠叨
何处是归群的蓝天
在村庄之外。梦，已被
时光之舟载走

2019－01－24

父　亲

除夕的阳光最明媚。那是父亲
在拾掇日子的途中捡到的
他说，背又驼了一层，不要紧的
还有几层，才驮驼地里

父亲简直是个用不烂的铁锅
往柴火房一放，就能烧出
热腾腾、香喷喷的饭菜
念着儿孙媳妇团圆欢聚的温馨
老爸的心一个劲地滋

母亲三年前去世了
谁也看不出父亲的心事
他不动声色地守着那片故土
熬着他的解放鞋、他的草帽
他的锄头、他的四季

前年回家，我在爷爷奶奶的

坟山找到他；去年回家拜祭母亲
他扔掉我为他准备的拐棍
今年探望他的那天晚上，我醉倒在
他的床头，他整夜未睡

老爸，这就是你的心吗
我的父亲

2019－01－24

致三江口镇

或俯首前冲，或腾空飞奔
没有导航，认准丹霞山的方向
于光中疾步直上，于江边挪步而行
在通往三江口镇的路上

无法想象，一只雄鸡怎样唱响
三江的早晨——
一面花冠，像一片红霞
盛开在厚实坚挺的东方之宇

你是这样一只雄鸡——
于暗夜中，将破晓的喜悦唱给三省大地
你是这样一个地方——
早起晚归，把每滴乳汁献给你的“三江”

请赐予一个秋天——
让杜鹃花、百合花、石榴花
山茶花……结成丰硕的爱——

喜悦、虔诚、甜蜜。如同一根纤指
拨弄着流苏树母爱般的丝弦

2018－08－21

穿越九龙江峡谷

一条潮湿的青石板路
如心弦上拨动的音符——
不绝于耳的风与呼吸
花香、鸟语、虫鸣的合奏
吐露芳华的神鬼巡游
飘飞轻纱的仙女曼舞
打坐的悬崖峭壁、苍林古木
激起层层平仄之韵的深潭
欲说还休的过往心事

又似神龙——
千百次地俯仰，千百次地回眸
步幅与心音的律动，恰如虔诚之佛
合掌的指间，漏泻千载的余晖

顷刻间，我发现——
每一场烟雨，或每一朵飞浪
并非苦行的僧人。它们

每一次的起行或每一次的追随
早已转身那一世的轮回

2018－08－22

土桥镇上的太阳帽

太阳，将清晨打扮成新娘——
她撑起一把伞，粉红的像天边的
云彩，像漂泊于
绿波之上的村庄

土桥镇到了。正值它墟日的盛装
一个个瑶家、畲族或汉族的男女老少
在投送秋后的目光，吆喝着
火焰般的唇和褐石般的臂膀……
他们的微笑与体香，也在这铃铛激越
琳琅满目的天空里拥抱对方

我看到，太阳雨沐浴下的地方
有着六沓太阳帽联袂演绎的故乡——
江滩河畔上船夫的歌唱
风雨飘摇中大侠的剑影刀光
枪林弹雨里镰刀锤头血染的信仰
乡野田间农人辛勤劳作的痴狂

以及他们收割秋色、享受
太平的幸福模样

此刻，我沉醉于
这人生的续章与人间的绝唱——
我愿戴上一顶土桥的太阳帽
拎着我的灵魂，一路朝拜
那炽热而神圣的阳光

2018－08－23

叶氏古村

一朵莲花
盛开在周敦颐的客栈。那是
一块摇梦而来的词牌

古村。静默深山千年
独守着一方天空的风云变幻
青砖黑瓦，泥墙石板……
万变不离其宗的叶氏情怀

古庙。一部翻阅不尽的经典
燃烧着篝火情歌，升起
袅袅不绝的炊烟。在濂溪之上
有亭亭玉立的爱莲

古庙里的戏楼。庄严肃穆
以一方舞台六根木柱，深扎于
历史尘土，不知演绎了多少
朝代奔突而来的人世沧桑

与国恨家仇

日暮下。叶氏古村
开始盘算濂溪和莲池的利息
晚风拂过。在返程的山坡上
我与周敦颐擦肩而过

2018－08－24

绣衣坊范氏家庙

绣衣河青色与黑色的舞曲
转化为金铜色的和声
古桥边，绣衣坊。铺开一尊
载着厚重沧桑的史册

午后的阳光。溜达于
街口，直至黄门古街的屋檐下
溜达成暗影。香益道上的
范氏家庙和中丞公祠，光影灼灼
如高挂的两盏大红灯笼

远处。响起悠扬的钟声——
汝城文塔，犹如一只古鸟
穿越而来，扑闪在天空

而身后范辂的石像——

目光如注，鬓发苍苍，孑然挺立
衣绣衣，持节，执虎符……
彰显忠贞不渝的本色

2018－08－25

津江村朱家大院

津江。如一声长箫。吹向远方
拂过前世今生的竹海沧浪
一座村落。如一轮古月，悬浮在
津江之上，浸透着卢阳镇
延绵不绝的世纪风霜

从唐时的诗韵到明代的文采
从黑漆漆的长夜到新世纪的晨光
从朱诚大师的理学文脉到五经世弟的
千古绝唱……朱家大院，仿佛
一碟穿越时空的光盘
在天地之间转换、喷发、奔泻
昼夜不停地旋响，吟唱

一面军旗。一部史册的破折号——
在雷鸣电闪的征程中
在镰刀锤头挥舞的战场上
在破旧迎新的血光里

有着转合的悲壮与光芒

如今，津江村。如一艘巨舸
为光明而生，为守望太平扬帆起航
而我，只能在它澎湃的心潮里
涌动一缕风响

2018－08－28

走进濂溪书院

濂溪。在寿河街的拐角处
一条比银河更璀璨的溪流
摇着雨花石砌成的理文宋词
直抵天空的深邃——
我的灵魂有了朝向

静水流深。洗涤不尽濂溪
深浅不一的字墨本色。无论
卷轴、壁画，还是雕刻
都在诠释莲的高洁与傲岸
一篇《爱莲说》，就有濂溪先生
千秋万代尽显的风流倜傥

濂溪。以他貂黑的铜裙
缀饰宋代理学滋养的莲池荷塘
以他垂曳的轻裳，拂过
今世汝城饱经的千年风霜

昨日，我与他擦肩而过
今日，我将融入他的血脉
变成一朵澎湃的热浪

2018－09－04

走进沙洲村

走进沙洲村，犹如躺进一条
红色基因繁衍的血脉

伫立。遥望这神奇的土地
仿佛看见东方的熹微，撕开
一片沉静千年的苍穹
掀起一场地动山摇的大迁移
就像西行漫舞的火龙，翻越在
蜿蜒曲折的崇山峻岭

微笑与沧桑相遇
平静的心潮与厚重的历史邂逅
血色的芬芳与冰雪亲吻
橘红的黄昏与暗黑的村落，融入
一条惊心动魄的深邃
你听——九龙山上传来狗吠
汝城巷里响起枪声……

三名少女。头顶上的
五角红星，犹如火把。照亮了
信仰之路，也照亮着
沙洲村的黑夜与希冀——

一条被子被剪成两半
一半留给长征，一半留给乡亲
从此，彼此的心像鱼水
一样，不离不弃

2018－09－15

堂伯母与养女

一个襁褓，躺在一扇
孤寂了半个世纪的门槛上
带给堂伯母忐忑的惊喜

转眼间。女孩五岁
露出苹果般可爱的脸，牵着
老妈子粗糙的手，到处跑
笑声与午后的阳光，洒满身后
一具快要散架的风筝

一天，堂伯母闭上了眼
静静地。在那扇温馨了她五年的
门槛上，一只鸟窜上窜下
再也叫不醒午后的阳光
乌云搭成了天梯。雨，在哭

一条微信，残留在冰凉的
手机里——孩子，别怕

养母在天堂看着你
在以后的日子里，你跟着
隔壁的干妈，长大成人

2019-01-24

生　日

赤裸地走出你痛养十个月的地下室
他只是哇的一声向天向地告诉
你全部的爱意

像鱼儿，像水手，像黑天使
承载你的恩惠，以有力的姿势
冲出你双手环抱的河流，报垂于
他降生的日子，回报于你的生命
尽管彼此触摸不到对方
微颤的手，溅泼满地深红的酒
但这却是他第一次独自旅行前
向你发出的献词，作出的最温馨
最明亮的提醒

对于他，你始终以你最温柔的目光
最深沉的热力，默默地浇灌
直至献出你最后的一丝白发
一缕呼吸。犹如一开始，你就

祝福他，行向更远更远，走向世界
每一个新春

他在十二月二十二日的日历前转身
在每一个崭新的扉页上提笔
在经历了将近半个世纪的
冬天的树干上写下——
他没有出卖你，在他的诗魂里
你是永远的安然无恙，刻在
他心底的碑

2019-01-28

提壶入禾家酒踏上归途

昨夜的醉翁，晃着一把伞
把湿漉漉的日子
走成曲折的归途

止不住阵阵思量
一块揭开又愈合，愈合
又揭开的伤痛，到底需要
撒上多少疗伤的药
才能止住思亲的伤口

何处是停靠清明的码头
是父亲的老屋，还是
母亲的坟头?

昨日的细雨被熬成
疗伤的纱布

今日的入禾家酒

能否为一粒孤舟找到

天堂的路

2019－04－04

父亲领我走进他最美的家园

爱站在山坡上，像头镶了金边的牛
红土地轻拍他的脚掌，风中的拐杖诉说着
大山的沉默。他在世界万物中
占有一席之地

时隔几十年后，他领我走进他的家园
他走在前，我跟在后。他顽劣活泼、
横冲直撞的样子多么像我——小时候
他在后，我在前。哦，新的雕像
我来不及放大，而曾经被他一路追赶的
雕像却模糊了我的眼睛

我们首尾呼应，空气般无懈可击
在这春光明媚的村庄之外，天空渗出了
一片大海，映出他在油菜花海里
浮上潜下的影子。天空比我更像他的
父亲，尽管此刻，他于我倒更像
我的儿子——我魂牵梦绕在异乡的

担惊受怕总算解除了一些

整个上午，他鱼儿般地嬉戏，呼吸
在他烟花璀璨的星河里闪动。我
寸步不离地与他同轨并行。一声哭！
我的心空顿然倾落一场滂沱大雨
是从他的世界决堤的一道口子

他嘴张开，眼神明亮得像一名歌手
他身后圆形的窗外变成深蓝，吞没了他
身前暗淡的乌云。而现在
一首最辽远的歌，随着他满手的音符
沧桑的嗓音，在村庄外的田野上升起

2019 - 04 - 06

老　井

它的面前，是条垃圾沟
它的身后，有口死水塘
没记错的话，它与我家老屋同岁
它的命不好。它落户我家时
我家穷，它偏又撞到一块坚硬的
大石头，便与地下河断了联系

那年代，一口井与一户家庭
发生缘分，也是要讲究门当户对的
至少它的命运与我家的命运
从此绑在了一起——难怪，人们常
叫它“春夏秋水井”“冬枯井”

阴水，穿过它的身体
也穿过老屋的身体，再穿过
我娘那双干瘦而腐烂的腿，我爹
那双肿胀而疼痛的眼睛……

今年，七弟请人拆下老屋盖起了新楼
而陪伴了老屋三十三年的它
也与地下河打通了关系——
地下河，穿过了它的身体，穿过了
新楼，也将穿过老爹的眼睛
母亲的天堂，以及所有
家人的远方

2020－06－27

一棵树的守望

她的背景好土，但很耐看
以至今天仍在我梦中出现她的那片
蓝天，白云，青山，河流与村庄

我老攥在她的怀里呵呵地笑
总绕在她的脚边、视线里爬行，奔跑
玩耍——此刻我还能听到风中雨中
她呼唤我的名字

我第一次远离她的那个秋天
她塞给我的，全是甜蜜的微笑
甜蜜的千叮万嘱，还有口袋里一个个
甜蜜蜜沉甸甸的果实

我每次回家看她，她总会带给我
不一样的眼神、音容、笑貌和身姿
暑假里，她洋溢着一身的绿意
寒假里，她虽憔悴，却冷峻而坚强

她掏尽了自己的果实，树叶，枝干……
几乎身上所有的积蓄，帮助我在
异地他乡从容地走出困境，从容地
面对风雨、得失与成败

如今她老去了，缩成了一堆土根
跪下抱着她残留的身躯，我一个劲地
痛哭——母亲，儿子不孝

2020－08－26

一对老人，从旧年的尾页走过

一对老人，拄着冬日的拐杖
一左一右地蹒跚在旧年的尾页上
一个是我的父亲
一个是我的堂叔

祖辈撒下的这两颗种，被时光老人
合著成一本厚厚的书
书籍里盛满了沧桑的文字，却
将“耄耋”二字当作书名，刻在了
爬满藤蔓闪着金辉的扉页上

他们从祖母的子宫里酝酿成人
在贫穷的纸质上打滚，嬉戏，捉迷藏
在平仄狭窄的泥泞道上挣扎奔跑
在跌宕起伏的大山深处
扛起土壤的贫瘠，田野的温饱
在缀满风霜雨雪的枝头上
托起和家村的夜、龙沙坪的昼

一对老人，从旧年的尾页上走过
他们没有署上自己的乳名
却署下了刻着背影的“父辈”
他们蹒跚而过——在新农村的白银路上
在长满绿色句子的水坝林间
在母亲河的桥头……他们时而驻足
时而回首，时而将目光投向
青黑或灰白的笔头涂抹过的天空

2020-12-05

变奏的 107 国道

似乎是宁静的却又更亮堂了——
更多的入口与出口，在这里
孕育，交接。像一条
长满飞翼的龙，腾起人海的
狂波巨浪

所有被通联的
心跳，都在闪着金银色的光
所有被激活的村庄
都在提速，升级。演绎
变奏的华章

2021 - 01 - 07

107 国道上的那条狗

107 国道旁长出一栋白屋
白屋前长出一棵槐树。槐树下
长出一条狗

它不是一栋白屋，是来年的村庄
它不是一棵槐树，是村庄的
播种机，是勾人心魂的庇护神或道旁树
它也不是狗。它躺在那里
打盹，半闭半睁着眼，活像一个
酒后的憨农，一言不发

这是今年夏末某个正午偶然插入
我神经系统里的细节
稀稀疏疏的过往车辆，大多
不像我！见惯了沿途的这种情节
只是我突然想起了什么——可
一时又说不上来

2021－01－08

明星桥

一道发黑的伤疤，被遗忘在时光的
皱褶里。疼痛，早已撒落成
一粒粒甜美的种子，生长着
一道道记忆的彩虹

记忆的脚步是新的，从这里踏出去的
脚步也是新的——有的缀成
远空的明星；有的就此扎根成树
或英年枯落，或蹒跚终老
或高耸入云

成长的路只有一条，而走向
成长的途径却有千条万条
明星桥只有一座，而孕育明星的梦却有
千个万个。犹如它脚下的乐水河
只有一条——却日日夜夜奔流着
全新的河水，鲜活的浪花

它老了，皮肤黝黑，沟壑纵横
如碑，赫然挺立；成词，苍劲永恒
你看，在哗啦啦的河水里
在交叠不断的脚步下。那些映照着或
屈撑着脊背的父老乡亲

2020 - 08 - 18

石鼓桥

它是母亲河最心疼的一个——
长在大山深处，那么矮，那么墩
可它从未埋怨自己的生父生母
岁月潮起潮落，它或浮或沉，一动不动
俨然一座山峰，一位巨人。守着
大山的日月星辰，平凡的日子

走出那里的人们，都熟知它的
石性与鼓性。尤其在母亲河蒙难的时候
它被洪峰急落的木槌狂敲猛打
任凭发出震耳欲聋、地动山摇的轰鸣
他知道——这里的人，都是母亲河
培育出来的凫水高手。从它身旁滑落的
生命弧线，时时被打捞，被激活……

它是大山最坚强的儿子

它在，母亲河便安然无恙

大山若是晴天，它便岁月静好

2021 - 01 - 29

沙溪桥

它是我初恋的风景。那年我上高中
遇见它，火红的夕阳正好落在它的头上

从那以后，每次从校与家之间
往返，或头顶艳阳，或披星戴月
或踏霜踩雪，或从倾盆大雨下的泥泞
田间踽踽而行……我都会在这里
逗留片刻，歇歇脚，享受我与它相处
不一样的时光

它好美好美，美过我的初恋
它又是那样恬静，温暖，善良
它端坐在那里，如同慈祥的母亲

在这荒村野岭的旅途，它把自己
活成沙溪里的一粒沙，一朵浪花，

一叶渡舟。被人间稀疏的目光悉心收藏
将天地迷茫的孤悲独冷，抚慰成
一路的欢乐，一生的阳光

2021－01－29

父亲的三根骨头

父亲摔了一跤，弄丢了
他父母留给他的一根骨头
他懊恼不已

医生在他的左髋部安上了
一根长长的假骨头。他痛，心更痛
躺在病床上。医生告诉他——
下床要等五天，出院要等二十天
甩开手扶架走路要等四十天
解除身子的痛感要等三个月……
“哎哟，没想到我会遭这么大的罪！”
父亲说，“不让我走路，等于
要了我的命。”

父亲一生要强，活得
硬气，有尊严，有韧性……
我想，父亲这根用大心脏呵护的
骨头，早已漂泊在了

他血脉流淌的远方
摔不烂，也弄不掉

2021－02－04

一只狗在黄昏里走失

云雾散去，像滴过眼药水的大山
睁开了眼睛。暖风慵懒地吹着
村头的苦楝子树，吹着门楼前的
池塘鸭子、旷野的枯黄，枯黄下的牛儿
鸡群……一只狗在阳光下奔跑
一只狗在山坡上隐退身影

我们朝那些熟悉而陌生的山
看着，聊着。聊着山的曾经过往
聊着山神守护下的先人之墓，聊着
与山们渐行渐远的寂静村庄，以及
坐着安乐而死的堂秀老哥、求死不能
自戕而亡的玉杰老人……

立春后的风比阳光温顺
温顺得像时刻仰仗儿子的老父亲

夕阳下，一只被绳索牵着的狗

走过空旷的院子。它走失在村头的
苦楝树下，消失在黄昏的
红霞里。只有老泪纵横的父亲
看到了它最后的背影

2021 - 02 - 05

两棵香花树

香花树，东西各一棵，守着院子的
一方宁静，拉长了村庄的旷远
那闹腾的香似乎在沿着透明的
神经末梢飘过来。像父亲的耳朵
盛满风声，像我的双目，镶嵌在
夜落昼起的天窗之上

清晨的西山，被几片白点墨了
背景，升华了主题。我走不进
白天鹅的领地。一对母子牛早行在
田垄上。它们向更高更远处进驻——
不像前些天一直徜徉在村头
湛蓝，是太阳经营的庄园
白云，是庄园主犒劳自己的盛宴
三只斑鸠陆续抢占阳光的枝头
在麻雀的巢穴之上，吼叫几声
黑色而善意的问候……

父亲推着手扶架走出楼房。在微寒而
光明的院子里，总是盼着从几丈外的
田野上蹒跚而来的阳光。每每
他总要回头问我——
你哥哥弟弟他们今天会回吗
我该如何回答？他明明生活在我的
阳光里，我却走不进他孤独的
家园。两棵香花树，像是代表昼与夜
两道永远无法重叠的地平线

2021－02－07

冬日下的酒宴

这来自底层的水酒，冰凉如夏
这迟到的夏宴，蹒跚至今日的晴冬
炽热地盛放在这丰姿灼灼的春枝之上
这南岭大地上高低起伏、大小
肥瘦的村庄之上

天公赐不来酒，就摆上土公的
百年地窖。陪着太阳喝，陪着父亲喝
喝他个伤筋动骨一百天。掀开
被子喝，移开火炉喝。走到院子喝
走到田野喝，爬上山冈喝。边走边喝
来吧！将酒水全倒出来。倒满酒壶
倒满大碗杯具瓶子，倒满瓷缸木桶
倒满屋顶密室，倒满村庄的旱沟干塘
让鸭子们感受这春江酒暖的惊艳，让
鸡、狗、牛也一同来享受这早来的
太平祥和。不！确切地说，是消瘦
这冬日下挥之不去的夏日情怀

太阳醉了，红着脸，一言不发
迟迟不归的，还有鸡鸭狗牛、父亲和我
我们颓然在太阳的酒窝里说着酒话
搀扶我们的是太阳的那只烫手，还有
醉醺醺的村庄。来自底层的酒水
还在倒，洒落一地

2021－03－30

年前的那场雾

太阳久睡正酣未醒
它在昭示一场酩酊大醉。这是它
借大地之手编织的神话故事
正如父亲，是借儿子之耳
响起它的闹铃，是借儿子之手
搀扶他的蹒跚学步

清晨，我与父亲正遭遇一座
谜样的舞榭歌台。村郭的榭楼
院子的台。父亲静立其中
眺望。那刻，他像诗，更像诗人
东村的上空，炸响了烟花。那
噼里啪啦声，敲不动父亲的耳门
却撩动了父亲的视线——父亲的
神情恍惚又暗淡……

“隔壁哪家死了老人哦” 父亲嘟囔着
“哪有这大早上办丧事的?”

我确信人家是办喜事。到现在
我都不明白父亲为何那样说

2021 - 03 - 30

父亲摔断了一根骨头

手术台上。死神没跟父亲
招呼一声，便直奔他那根
被肢解的骨头探寻而去

父亲摔断了一根骨头
医生将它交与死神，这是拯救的
绝招——我不知道，人这一生
要交与死神多少根骨头

我只记得这是父亲的第一次——
他第一次喊疼，第一次流那么多的
眼泪，第一次攥紧儿子的手
第一次露出那样的绝望

我看见死神隐没在他的碎骨间
是的，我只记得这是父亲的
第一次。也是我的第一次

2021－03－30

譬如年前的那场雨

一场绵长的暖冬预告，提前
上演了麻雀的春天。天公每天的
天气预报还是准的
那些徜徉在
天堂里的鸡鸭狗牛们，早已
习惯了这种不由自主的命运

天公突变！当然是有预约的，它会
调兵遣将火速下达几张帖子：
乌云登场，寒风莅临，天龙打水
雷公闪电……在南岭巴掌大的
天幕之上涂抹一幅标语——
什么遭遇了什么，不必惊慌！

譬如年前的那场雨。下在了
苦楝树上，麻雀的春天就湿润了
下在了干涸的田野里，田野就醒啦
下在了枯水的河流，河水就涨了

下在了山林中，云雾就升腾了
下在了村庄上，炊烟就升起了
下在了青黑的山前，白天鹅就成仙了
下在了父亲的眼眶里，父亲就笑了
下在了我的心岸码头，梦就出发了
下在了字里行间，诗语就沉了

2021－03－31

一封发自老家的邀请函

它是一片天空。制作相为心生的图片
它是一段节令。敲打生死轮回的文字——
迁徙远方的候鸟，潮汐起落的大海、河流
肥瘦与肤色变幻难测的田野、山峰
森林、城镇与村落

它以光秃枝丫上的一场连绵的雨宣誓
一次无声的泛绿告白，一阵晴天霹雳呐喊
一片落叶击痛秋空，一幕飘雪渲染寒冬

它就像一封发自老家的邀请函
让你梦回童年端坐在一张竹藤椅上——
静看黄昏的云雀白鹭，午后的日光树影
倾听月下的虫鸣蛙噪，午夜时分母亲河的流淌
老屋墙檐上雨滴的回响……

此刻耳畔仿佛还响起了来自四面八方
崛起的风、脚步、歌、大海的声音

2021－08－02

出生地

1

你给了我童年一个世界的大
以红色的土壤生长黝黑的河流，黝黑的
山峰，黝黑的田野，黝黑的村庄……
还有黝黑的祖祖辈辈与父老乡亲
你生了我，也生长了一个黝黑的我——
一粒裹着黝黑灵魂的种子，漂至
村庄之外，大山之外。可我怎么也
走不出你炽热的怀抱

2

你如此近，又那么遥远，你我之间
仿佛隔着一片海。你总停靠在

我的心岸，又常漂泊于我的脑海
你那么遥远又如此近哦！我每一次往返
都经受着海的风浪。自你目送我漂至
异乡之日起，我的躯体渐渐远离了
你的尘世。而你的尘世，渐渐
远离了我的记忆——
你如此近，又那么遥远

3

每一缕吹自你的风，都会折返
每一片飘自你的云，都会化成一场雨或雪
当我折返抵达你的岸途时，请别在意——
没有风声，没有鸟鸣，没有惊雷……
我只有满脸纵横的眼泪以及迎向你的
两张布满沧桑、老泪纵横的脸
我倾诉自己，此刻我更愿意倾听你
所有的心事。包括你的哀伤与喜悦

4

来一场海市蜃楼吧！楼台雨雾弥漫
一条长满青苔的青石板路——一条
窄长曲折的村巷直抵我的眼睛

我看见了你，一副坚强而曼妙的身段之上
一把雨伞，托着红楼青砖黑瓦的心事
时隐时现。犹如你的背影，无尽的
幽长而悠长。你的身后，还传来
幽长而悠长的脚步、狗吠的回响

5

你躺在我的眼角里呼吸，无比宁静
我站在你的胸口前端详，无比痴狂
穿梭在你的九曲回肠。一把把锁
锁住了你的心跳，一扇扇门关闭着
你的曾经过往。这可是生我养我的
地方啊！长满青苔的石板路，堆满
尘土织满蛛网的破木楼，被懵懂
少年疏漏或遗忘的檐雕壁画……
沐浴在鲜活的阳光里，复活着
你的时光，诉说着你的故事——
就像一台留声机，旋转着一张
旧唱片，唱出古老的歌

2021－08－05

母亲河上的水坝

我一直叫它桥。现在才知道
父亲一直叫它水坝。家里人都
这么叫着

它的诞生，艰难而漫长。却乐欢了
老家十里八村艰难而漫长的岁月
它像父亲系在母亲脖子上的
珍珠。装饰了母亲的河父亲的村庄
太阳的脚步月儿的梦

它恰是父亲手中的摆渡船
推着河水推着光阴，唱着摆渡的歌
将一波波水渡到村落沟渠、山地田野
将一个个人渡到对岸
它在洪水沙泥里冲刷，浸没
一声不吭，纹丝不动

如今它只剩下蜡黄的肌肤，苍白的

发髻和稻草人、白鹭守护的风景
“对岸好多年没去过了
一眨眼已经是归土的人啦！”
父亲喃喃自语。他每天渡着自己
如同水坝渡着它的余生

2021－08－07

牛鼻柱

两根相隔不到半米的黝黑石柱
像是雕刻在村庄之上的图腾，沧桑而坚韧
穿鼻术，一种忍痛割爱的撕心裂肺
仍回荡至今……

从此做头真牛！从此在花开花落、草木枯荣的
田野上，竖起眺望未来的墓志铭——
挺直腰杆与残躯，咀嚼春夏秋冬的空阔

它的肩背苍凉而有些战栗。抚摸它犹如
抚摸我瘦弱的父亲。它深入南方。在
嬗变的红土地上，静静地守望
走失在它额头上的春天

它接受我的注目，默默地接受我的双手合十
深鞠三躬——在村庄的角落皱纹里
只想装着它的遗梦和我的虔诚

2021－08－08

失落的记忆

其实月亮常在你的梦中。尤其在
边关的唐诗里，在江南水乡的
宋词里

伫立者的眼睛是凝固的雕塑
即便瑶台与庭院互换角色
夏雨与冬雪轮换季节
那一把蒲葵扇，也始终都在
量测你酒窝溢满酡红的温度

夜空是孤独者的剧尾——
来一场阿尔兹海之默吧
忘了月球原本是不发光的星球
沙漠埋葬过森林。母亲
依恋过大海却上了天堂
父亲拄着拐杖攀爬他父亲的坟墓
恋人在黎明时患了白内障
妻子在雪地里纳凉……

今夜，究竟谁成了无眠的痴呆儿
在酷暑笼罩的蛙声禾影里
在灿如星空的层峦叠嶂之下
一步步走向原始社会，找寻
那轮失落的残月

2021－08－09

苞谷场

正是丝瓜藤花盛开的时节
晒谷场上的稻谷换成了苞谷
荒芜了一个季稻的田野，又着上了盛夏
碧绿的禾装——这是近十年来
每年都会发生的事

早年的空巢、空仓，抱残守缺
拄着拐杖，日复一日年复一年地
倒数着梦和日子。那些奔忙在
城市里的脚步，积攒光阴
储蓄在手机密码里

余下的事，就是思忖——
如何将谋生在外的手机请回家
如何将山坡上的大豆、花生请回家

将苞谷场变成大豆场、花生场
将储钱罐变成盆钵皆满的金银山

2021－08－11

那一夜

我们摸着村道、菜地、稻田
去了大叔家——湖畔上一座小屋
一群蚊子陪着大叔喝酒。其中一只
蚊子撞疼了我的右眼睫毛

小屋外。凉风从远山吹来，掠过湖水
逡巡在木门前的庭院里。一条
幽深的小河，在不远处嘀咕
月色朦胧。星斗耷拉着耳朵
倾听大叔晚年经历的趣事

这入禾家酒的后劲比上次的大
我喝了第十口，大叔喝了第十一口
不到一支烟的工夫，我的
眼睛湿漉漉的。一片孤舟
浮出湖面。它偷走了我的呼吸
大叔终究似舟，江湖里漂浮一生

2021 - 08 - 11

天边的情歌

母亲河是荡在天边的秋千
秋千里有个我。秋千外，母亲守着
七亩二分地的稻禾

太阳是抛向天边的绣球
东山顶上挂满新娘的酒窝，西山
之巅，堆起了篝火

我是母亲河的孩儿。在秋千里
比画天边的云彩，在云彩里把童年
描摹，让星子闪烁

我是追随太阳的靓妹帅哥
在阳光里放飞信鸽，由信鸽撒下一
张网，打捞我的心窝

母亲河是飘荡在天边的山坡
山坡上有个我，还有爬上山坡的

云朵，云朵上的雨歌

太阳是驶向天边的许愿灯，灯上
有我的旗帜，我的誓言，我眷恋的
山河，我念给母亲的情歌

2021－11－21

第三辑

沧河涟漪

今夜沧江河上传来侗家女的夜歌

逆着高明沧江河往西走
也许我能闯进侗家人夜歌的天空
顺着老家郴水河往北走
也许我能听到侗家女杨曦的夜歌

今夜我不得不选择门前的沧江河
因为从沧江河蹒跚的脚步和晶莹的泪光中
人们能读懂一个浪子游人对侗家夜歌的
那分深情。恋着沧江河从云贵高原
日日奔来，我便夜夜酣然入梦。我在梦里
能听到沧江河呼唤侗家女的名字，吟唱
侗家女的夜歌。我在梦里能看见
倒映在沧河中侗家女婀娜的倩影，优美的
舞姿和甜美的微笑。甚至连侗家女身上
所散发出来的花香，也浸润在了
这沧河的柔波里

哦，久别的湘南老家和老家的郴江水啊

今夜你是否也能听到侗家女的夜歌
我知道，你过去跟侗家女没有
同饮一江水的天缘。可现在你却有了
向北汇入湘江的痴情

但愿侗家女的夜歌，能透过夜空
飘过大江南北，响彻神州大地
唱响寰宇

2009－12－15

中港广场工地

拖拉机、大卡车、碎机、吊车、钻土机……
轰隆轰隆……山摇地动，轰隆隆……轰隆隆
高楼倾斜，大厦垂危。轰隆轰隆轰隆隆轰隆隆
大脑神经紧绷，撕裂，然后颤抖着，呜咽着
日复一日地轮番作业，通宵达旦
在高温下。汗水，时而像倾泻而下的屋檐水
哗啦啦哗啦啦地冲刷着一切混沌的目光
时而像直通大地血管的针液，滴答答滴答答地
叩响着焦躁饥渴的心房

夜，喧腾腾湛蓝蓝的夜啊——人们眼里的海
一头是大鲨鱼追赶着鱼群，珊瑚招摇着海藻
大海吞吐着江河。一头是灯光、月光、星光
闪烁在夜幕笼罩下的心海之上
激发并升腾着铁锈与尘土粘贴的情感
迸发出新城与旧城欢娱的歌

此刻。天外正传来不锈钢焊接天宫的回音
和着夜歌，飘荡、遥远而悠长

2012 - 08 - 20

别了，沧中凯旋门

有个地方，我来了，又走了
我走了，还是那扇为我打开的门
将我的背影拉得很长，很长
就像这连绵不断的雨
将昨日的衷肠，缀满今日的忧伤

面对缀满忧伤的枝头
我愿早春二月里的那片云
能够着我红衣裳的模样

别了，我心仪已久的这个地方
别了的时候，我只能将你的凯旋门仰望
你可记得我曾闯进你的梦乡
并以一颗火热的心闪过你的门窗
轻轻敲在你的心坎上

有个地方，我来了，又走了
我来了，模样依旧是金色的太阳

我走了，就像这即将开启的四月天
洒下一滴雨，不带走一片云光

2016－03－25

再别沧中凯旋门

我来了，又走了
我走了，还是那扇为我敞开的门窗
依旧将我的身影拉得很长，很长
就像这清明透亮的四月天
将昨日的忧伤
缀满今日的衷肠

我来了，又走了
我走了，眼睛却在闪着
花光绿影的枝头上打亮
守望着那些可爱的鸟儿
清爽歌喉，嘹亮着飞翔的翅膀

别了，我别了好久的这个地方
别离的时候，我依旧将你的凯旋门仰望
你要记住我今天又吮吸了你的馨香
并以一颗赤诚的心闪进你的
心房，倾听你的心浪

我来了，又走了
我来了，模样已是纯白色的衣裳
我走了，就像这清明透亮的四月天
洒下一缕阳光，带走一片荣光

2016－04－07

小聚西岸木屋

黄昏，罩在四月的花冠上
脸羞答答地通红到天际
溪水加速了郊外的心跳
在西岸山庄的枝头下，一路聆听
四月的花瓣，送走
夕阳坠落的酒歌

还是那支峰与涧缠绵的曲子
清亮了归鸟沉静的竹林
被古村落包养的城镇，提着
灯红，邀出酒绿

在木屋清婉如玉的酒窝里
我甘心做一缕酒魂
伴着鼾声与酒香交织的老调
形单影只地醒来

梦中。在木屋温软如酥的

嘴唇间，我更愿做一条鱼儿
让满桌的才子佳人或英雄美女
品尝千年不朽的侠骨柔情
像是大海，惊涛拍岸
又似江河，九曲回肠

2016－04－23

冬驻高明一中荷塘柳亭

一方池塘，如圣洁的朝廷
接受亭亭荷君周敦颐的枯瘦之拜
我非国君，而是香山上的高贵木莲
在此思秋迎客，独自畅饮三百杯
我非宰相，而是半山上的微醉美人
在此思君守候，强作青镜欲妆慵
我非苏轼，而是苏仙溪下独自芳的野芙蓉
在此瞭望唐朝摩诘大漠孤烟、长河
落日下的征蓬归雁

今晨无酒，只有扶摇直上的烟柳
在边关冷月里弹奏着王维用血谱写的《阳关三叠》
今晨无月，只有情陷烟花柳巷的柳永
在执手相看泪眼之后，醉醒在晓风残月里
今晨无泪，只有《诗经》里孔子
“杨柳依依，雨雪霏霏”的诗句
今晨无爱，只有历代骚人墨客
“折柳相赠，执子天涯”的誓言

一方荷塘，四舟相伴，木莲相依，十柳垂青
还有一辆水车吱吱呀呀地吟着远古的歌谣……
今晨，我非古人，亦非今人，而是
镶嵌在荷塘柳亭里的一粒石子
守着荷柳的前世今生

2016－12－14

在杨和的枕边睡眠

总想与你来次不期而至的遇见
在无数次过往你的路上
驻足。在你散发着馨香的
每寸肌肤上，闭眼——睁眼——闭眼
惊艳啊惊艳！我托不起我厚重的
目光：春之杨，冬之梅
和平鸽，吉祥者，全在我的视野里
闪亮登场：空谷幽兰的芬芳
芦花的奔放，芒花的痴狂
棕榈树的天堂，苦楝树的村庄
葡萄藤架设的童话长廊
紫荆花飘落的古城深巷
云雾缭绕的远山水乡
鸟儿朝圣的古刹佛堂……

杨和啊，你一切闪亮崛起的荣光
正铺天盖地地拍打我——
钻进我肉里，钻进我的骨头里

搅动着我的骨髓，时时刻刻地
搅动我的灵魂。我羞涩地低头
抚摸你滚烫的寸寸柔肠
我虔诚地抬头，望向你身后
那车轮滑向远方的交响

此刻，我正在杨和的枕边酣睡
朋友，你是否听到我发自她
梦中的鼾声

2017－01－11

我在风信子的怀里着了一堆火

是夜，沿江大道
一只醉猫，踉踉跄跄地
与天际打了一宿哑谜
树下，醉猫倒在风信子的怀里
着了一堆火
在醉香与风香缠绵的枕边
蓝眼睛变成了红眼睛
风信子的发梢醉红朵朵
像一骑飞花令，驮着铃铛
从左心房驶向右心房
从激情燃烧的天窗
叩响烟雨迷蒙的远方
清晨，到处是春暖花开
绿波荡漾，鸟语花香

2017 - 03 - 24

泰康山上的红月亮

披一绺性感的发红，不是你
镶一副古色古香的镜框，不是你
露一身凸凹婀娜的山峦，不是你
吹一段俗腔滥调的笙箫，不是你

你明眸皓齿的人儿啊，在天边
你苍凉冷艳的双眸啊，在海边
你拍打云崖的江河啊，在桥边
你轻盈优雅的步履啊，在街边
一弯深圳之月——你所托之月亮啊
正捎上你请而不来的遗憾

月亮东边来，山鸟西边看
八仙各路来，仲夏意阑珊
云土随风来，泰康山门开
敞怀拥抱来，哽咽连泪眼
举杯畅饮来，红霞映堂前

月亮的脸啊，像升腾的火焰
燎起一桌酒仙们的拼杀誓言——
仰头，饮不尽杜康杯的愁
俯首，倒不完土炮碗的酸

酒罢宴散。月亮将西房走成
曲折；泰康山搀扶十二位神仙
走不进月亮的屋檐——
身后。两只互敬的空酒杯
在我眼前晃

2017 - 07 - 03

在高明海口赏月

我曾走进她，一片养眼润色的
领域——两座天生丽质的
桃红乳峰，一条水光
潋滟的子宫

我常把梦寄宿在那里——
便常能听到她竹筏下的渔歌
闻到她夜色斑斓的清香

今夜，我们一见如故
在歌声与月影斑驳的夜色里
一切还是原封不动的记忆——
她优美，光鲜，迷人

西江之岸啊！荷塘岭的风在吹
沧河之畔啊！紫荆山的香在飘
海口的月啊！渔村的船在摇曳
啜饮关圣帝亭的神话

我调养着内心的隐秘——

我又走进她和颜悦色的
领域——两座浑然天成的
乳峰，一条造福
天地斑斓的子宫

2017 - 07 - 16

西江电梯

按下“高明”
走在赴约的路上
相逢一笑，握手相牵
风亦和，日也丽
你我坐上了
西江电梯

做一回鱼儿吧
享受“西江”——
上天入海的天梯
直上世界屋脊
亲吻天仙女的
笑靥
直落马里亚纳海沟
挑逗海龙王的
肚脐

更甚者，你做嫦娥

上天守月
我坐电梯
直上月宫会

2017 - 11 - 30

冬夜漫步在荷城郊外

一把伞，在夜的骨头上
燃起烟火。像流萤
低吟月色的村庄，清脆而辽阔

枯藤起舞而歌，在远离
街心的角落里翻唱。翻唱曾经
泼满绿意的阡陌

此刻不再寂寞，不再寂寞
这独自寂寞的山坡
像注入一腔热浪——
浸润冰冷哆嗦的摇曳
温暖即将隐没的婆娑。包括
月儿的树梢、树梢上的云朵

可谁能知晓，今夜

一个独行者与这郊外的雨
有着怎样的胶着

2018 - 02 - 02

我是你等待的那片天

等你，正值高明的陌上花开
我以一千九百年前的那缕炊烟
扶摇在九百六十公里的土地上，不知疲倦
你是我的等待
我是你等待的那片天

等你，像一朵红莲盛开
在一伞黄昏下，一只白鹭落在
你凭栏望远的古塔飞檐
你是我的等待
我是你等待的那片天

等你，像一河星光灿烂
在连绵不绝的峻岭高山，闪闪
在桨声灯影里的客船上，翩翩
在汉赋唐诗、宋词元曲里，撩动你
万年息千年叹的江岸河畔
你是我的等待

我是你等待的那片天

等你，正值高明的陌上花开
一曲《渔歌唱晚》，唱出皂幕山下的
陌上炊烟，村落桃源，河畔江岸……
你走来，像飞鸟翔，像云彩飘
像雨线牵。在时空之外

你是我的等待
我是你等待的那片天

2018－08－14

秋日下的荷城

不像佛山，秋日下的故乡
蓝天如湖，白云挂在枝头
星星缀满山峰

也不像荷城，栗源小镇定有
迎面而来的山路，定有
炊烟袅袅的村落，定有
激情奔放的溪河，定有
此起彼伏的阡陌

而这里，秋日下的荷城
你遇不到云笼雾罩霜降的早晨
与带着牛车与坚毅的农夫
你也听不到山道归途上的
羊咩、牛哞

我多么想，脚下的街道
透出田野阡陌的味道

眼前的都市，传来远方
牛羊鸡狗的交响……
哪怕给一个绝美的晚上
让停泊在记忆河畔的孤舟
荡气回肠一场

2018－10－06

水美村的夜晚

接过一杯水，掺有蜂蜜的眼睛
还有丹凤眼翡翠般的眸子
天外一片暗蓝。星，缀在那里
闪着树状的睫毛，绿了——
这巴掌大的夜晚

夜是白昼的隐士，伴着
林中的虫鸣，不可思议地走向我——
一颗孤单伫立着的躯壳

微风已全体休眠。只有
一支枪绽放烟火，咏唱夜莺的歌
在这远离尘嚣的谷缝口

世间最纯的“哟喂”，是你
柔美的青黑字句，正吹拂我

倦乏的心。浸透，浸透，浸透
直抵永恒的闪着光芒的早晨

2018 - 12 - 27

独上泰康山

独上泰康山
立马山巅，仰天长叹。万里
云空如海，白浪朵朵，天桥隐没
猛回头，鸟瞰。蜿蜒来路
如蛇，如龙，风光无限

好马莫回头！上天无计，渺渺几万重
如今仙山在手！仙人却逝
楼阁空空，亭外阵阵松涛
草波。怎奈寂寞来袭
凄清难耐，久居不可……

老马啊，您这识途的老马！
此刻，我只能随您而去，索道
我的去处与归途。请您告诉我——
前方是不是仅剩下这
上天入地的滑索桥可走

您说，它上可连天堂
下可接地狱，可牢牢锁住你的魂魄
如闪电，如落雁——
你看，山下人间多美！
莫怕！我在你就在！我先行一步
我在下面等你

2019 - 10 - 18

暂且以铜像的名义

有样搬走的东西，在文昌塔的
耳朵里呼告——魂啊！请
止步，在这白玉兰飘拂下的
母亲河岸，在这浅绿色的
阳光里

记忆被他红色的大脚丫一步步
唤醒，犹如力举血染的旗帜
穿破世纪的暗夜，直至飘扬在
光明的国度

归去来兮！英灵永存！
亲爱的子孙啊，请挥动你的巨臂
在他魂牵梦绕的故土
暂且以铜像的名义

2019－03－06

高明河上那片天

一只被大潮惊动的飞鸟
跃上你披着月光染着春辉的枝头
以神州万分之一的比例拉缩喜悦
将眸子游弋在你云做的经脉与星做的岛屿间
寻觅那支月亮船飞过的歌

无须惊梦，再次拽着老香山的桫椤龙尾翅
拨你母亲河的根弦，泅渡于你的
天空。那场雨依旧下着，且越下越大
它欣喜这场大慈大悲连绵不绝的雨，并以
被拨亮的眼瞳瞅见你洞开的命门之穴——
一个个方块字，被雕刻，被撰写
一排排诗行，被打磨，被抛光
一折折剧本，被搬上舞台，被人们喝彩
直抵晴朗的夜空。一轮明月，在你高昂的
头上，放射神话与传奇的光芒

这是一部缀满珍珠的记忆

每一串珍珠都立着一群人，扛着一个故事
每一段记忆都连着你的根，攀爬你的
翠绿，串起你的奇崛、灵性与谶语
今夜重启打开，不为轮回，只为以你
华丽的转身，饱养一只漂鸟或留鸟的回眸
使其再次目击，你6666级的攀手敲响
佛山之巅的云磬；使其再次聆听
你满载而归的月亮船，从天边
飞来的歌声

2019－06－09

在清泰村的时光里（组诗）

与一个村子相看

与一个村子相看，好比
与一个女子相亲
光靠媒人说事是不够的
还得讲究个缘分。譬如我
在高明生活了二十六年，与我
相遇或相识的村子真不少
可与我相亲的，却屈指可数
清泰村，算得上是我
最心仪的那个。她来得
那么晚，又那么巧

转身遇见清泰村

一张饱满恬静的面相
一副凹凸挺拔的身段
一身淳朴端庄的打扮
一派高雅脱俗的体态、气质

是传说中的罗敷行早，采摘
郊外的三月阳春
是美人帐下的贵妃醉酒
将妩媚与奇迷，溢满酒窝
是望江楼上的美眸顾盼，洒落
满天银色的月辉
是踟蹰浮动于大漠之上的暗香
诉说着故园的旷远、血脉的繁衍
与祖祖辈辈的历史

你竟是这样的女子
我庆幸，能在我人生千万个
转身之际遇见你。你就在
高明大道与杨和大道树起的
坐标上，默默耕耘家园
静静守望蓝天
你打捞清泰溪波光潋滟的日子

你收割象山凤地上的吉祥如意
你打捞你的青春
也收割你的爱情

杜氏族谱

一本族谱，铺开一条滚烫的血脉
奔腾的河流。触摸她的逐字逐句
你的心能与她的心一起跳动
跳动彼此鲜活活的生命
莫非陈氏家族的血脉里，有
杜氏家族的血脉基因
我想是的。上至轩辕，源自帝尧
五千年的帝王之尊，泱泱华夏的
《千字文》《百家姓》，炎黄子孙的
黑眼睛，黑头发，黄皮肤
谁敢否定，你家族谱上没有刻录
来自百家姓氏女人的名字

2019－04－05

泰康山上的瑶家古寨

一块搬不动的石头，以梦的力度
将它的沧桑容颜雕刻成碑

寻古探幽的目光、心跳
拾级而上的松海涛声，伴随来自
最古老国度的阳光，鸟鸣
铺开一条遥不可及的时光之隧

这是五个世纪之后的约会
与一座古城相遇，与一座山相见
与一座古寨蒙面……
没有冼夫人的雕像，却有她的故事
没有瑶家女的歌声，却有她的气息
没有古山人的烟火，却有他的遗址
……
就这样，海市蜃楼般的风霜雪雨
日出日落，生命与文字的消逝，重生
在人们的探寻之心摇摆不定

摄下这留存的沧桑骨骼，模糊印记
悄悄离去吧

2019－09－24

坟典村，原本是最古老的书籍

以最古老的风吹动最嫩绿的叶
像翻阅芳菲的四月，暗香浮动，像追逐
沧江浪波的新舟，划出岁月的彩虹

一本被打磨过的三坟五典，打开在
我曾喊过的地方。用鲜活的文字吐丝成茧
以刻骨涂糁的句子诉说心事，以春潮
带雨般的激情呼出大山的疼痛

苍凉的厚土湮没不了“三坟”的落款
时光的流淌依旧浮现“五典”的标牌
暗香，犹如山间村落低吟的笛声
在迎风的高枝上溅起芳菲的月光

一部哑剧已经上演！谁在宁静的海边
打捞日子、星子或梦？窗外黑如墨——
我乘坐的是一条奔流的小溪
这是我憧憬于它秘密的驱驰与朝圣

我并不担心，它的光明会在夜里沉沦
黑夜，只是它酝酿另一片光明的铺垫

此刻，繁华的灯火不合我心
脚步最爱陌生的路径。捧着一本在手的
新现代古典主义的书籍，怎能释手

2020-04-15

香山江月，高明的咏叹号

在这里停泊了六百多年
一艘载着“六山一水三分地”的巨轮
发出惊古震今的感叹

舷壁上的“香山江月”记存在县志里
走进县志后的“文风甲端郡”
像一条苍龙。自西向东腾空一跃
俯身饮江。静卧于西江之畔

走出县志后的“象山凤地”——
昔日的清泰郡下旧码头
至今还响着母亲河的歌吹，大山的叹息
朝廷的马蹄，官船的汽笛……

远眺香山古道，迎面吹来
五月的古风。仿佛是恭候黄虞龙的
归魂、“三区”的音容
和三谭”的身影

南蓬山下，灯火通明。一艘满载
祖国万分之一版图的咏叹号
正蓄势待发！上面还有
一轮江月

2020－05－07

怡乐路，以 25°的腕力揽住西江

怡乐路，伸出左手，搂住河江
把河江的泰华老白干
扛在左肩上

秀丽河，天然而成，自北向南
将沧江的恩情回报沧江
怡乐路却以桥的方式，诠释
秀丽河的痴情和母亲河的慈悲

怡乐路的两只手，真美！它们
日夜朝东西方向延伸
左手垫立起三洲、沧江工业园
右手托起荷富大道、美的·西海岸

你看，在西黎、扶丽两座村的
村民眼前，怡乐路，以 25°的坡度

与腕力，接住了沿江路
揽住了西江

2020 - 06 - 08

驶成渡轮的滴滴车

滴滴长鸣，定是落日发出的渡轮
它停靠在黄瓮山下的荷中码头
我们上了座，一言不发
顺从司机的诚意，转了方向——
如同他的音乐。微波似的
从远处荡漾而来

窗外的黄昏。美得只剩下余昼的
呼吸与心跳。从先河街
转入荷香路的那一刻，我们
仿佛驶入了一条滚烫的河流
终点在我们的东南正方
平日里，沿跃华、文明、沧江等路走
要近很多。司机却掉头向北
走怡乐路，上沿江道

他说，下班的城市，走曲线
要比走直线更好

2020 - 06 - 09

西江 9 号码头

是谁发来的联络站？竟有如此神秘的
死角？对一个老荷城来说。唯一的
线索是一串模糊的数字密码
和一句暗语

紫薇花在我的脑海里吹着风
大地全是夏季的肤色。低垂的天空在翻阅
铅印的书卷，黑白的相册

西江，像天空赐予大地的一件
黑白裙子。江畔上，大多是新生的过客
那些从未转身、从未漂泊半步的
老熟客，却有了时间的刻痕

煤炭码头不在，朱红的航道栈桥依旧
泥沙路不再，扶丽村依旧不显山不露水
清泰码头成了历史的代号。谁能证明
当年走失的官府汽笛、朝廷马蹄

从县志走出来的香山江月、高明港
明代的灵龟塔？唐代的龙窑遗址
它们一直沉默无语

忽然想起文汇路上的《高明报》地址
是9号。它在暗示什么？沿江路上的
海鲜码头也是9号，莫非它
就是要找的破译暗语

对街的食出码头无语
高明海关无语，世纪广场无语
银海大酒店无语，养尊处优的
荷城公园无语，旧水厂的门牌号无语
只有西来东去的西江水日夜响着汽笛……
码头的人或事换了一批又一批

2020－06－13

三洲老桥

我二十几岁的时候，你还不到
二十岁。我与你第一次合影
天都不记得了，我没忘

太多熟知你的三洲人
习惯了你早出晚归的渔歌，炊烟……
以及流水之上、鸟鸣之下
午后的静谧

来来往往的人或事，呈爬坡状演变
有的送出去的，再没回来
有的摇头晃脑地折返，有的满载着
沧桑与无法用数学公式
计算的利息归来

如今我已是半白。一具
轻飘飘的躯壳，与你古典厚重的身板
极不相称——你四周的风景

知道，你身下惊艳的沧河知道
你更知道

2020-06-13

静静流淌的红色记忆（组诗）

守墓者

桉树林，被初遇的到访者
挺立在原始而虚拟的天空之外
它比这九月的秋风秋雨
苍凉而冷峻

肃然起敬！为它，亦为它脚下的
土地。在它的身后，石岩底村
几间老屋，守着座座奇石般的墓碑
沉默了大半个世纪

最初的烟火

从沧江河的根部开始，云雾

升腾，燃烧老香山的沉默
石岩底村朝东，每日看，深谷之下
一条初始的河流，在村头发芽
浸润着一段岁月的伤口

直至漫山红遍。村口的红
旗杆上的五角星，映射祠堂里的
火烛、屋子里的灯火，以及荒榛
覆盖下的一束清明

拜祭

秋雨也会开出白花
石头也会剥落时光的泥土
一河红色波澜，在故土之上
在途经处惊涛骇浪，化作它身后的
一泊江湖，一派繁华

当泪眼溢出的星子，坠落于
广袤的天河，当寻着光明的梦子
再次来临，以深鞠三躬之拜
丈量石岩底村站在老香山之巅
俯瞰母亲河的距离

2020－09－29

三月，为小洞村献词

三月。想起为三月而开的花
想起为逝者而祭奠的那些花事
那些人。此刻——

我徘徊在小洞村的洞口
试图擦掉眼前的层层雨烟、重重
雾霭。多少事？因回顾而轻盈
多少脚步？因追溯而沉重

请陪我飞，做追溯的一叶舟
请陪我穿越，重温小洞天的风云

小洞村，一个小小的洞
却装下了一部厚重的红色经典
演绎了一部经典的世纪传奇
它为谁而生？为谁隐姓埋名
为谁穿梭在枪林弹雨
为谁树立了一座丰碑？为谁喊出了

它响当当的乳名

想想铭记至今的那些事，那些人
想想我们脚下这片高明的土地
——慈祥而炙热的母亲河
曾经怎样地打动着我们的心

2021-04-18

在小洞村的时光里

1

与小洞发生故事的有
三个人：一个是钻出洞的，一个
是钻进洞的。我是看洞的

2

撑一只渔舟，与桃花、
仙人相遇。小洞风韵绵长
正触痛一场烟雨

3

看洞的，想活成云朵或尘埃
遭遇一场枪林弹雨，倒在血泊中
烈士那样的悲壮

4

活着的高明人，坐在此岸或
此山看黄昏。倾听沧江河
从小洞流出的歌

5

走出小洞的人在埋葬小洞
枯坐在小洞的人，在
翻阅小洞的泥土

6

渔人羡慕桃源，桃源人

羡慕陶潜。可我要说，作古的
陶潜活在了今日的小洞天

7

我扔进一支笔，蘸满日子的
丰盈。直到开始用一根
白发来捆绑它的遗言

2021－04－20

今夜，我被一棵桂花树击痛

好多年了，错过了多少今夜的高明
或高明的今夜。好多人突然走了
错过了今夜为他们准备的月色
从湾仔渔村出来，右转荷香路，左转
常安食街。不错，今晚的月色真好！
想着自己能闪烁成星，在她身旁
或在我的九曲回肠之上。是沐足而行
直上青天？还是右转归途，一路蹒跚
此刻。我舒心惬意在常安桥头
我踌躇徘徊在沧河东岸
向西走？那里的天空更宁静更幽蓝
想必月光也会更皎洁。向北走？灯火
辉煌的高明大道，更像星光璀璨的
银河。转右，还是转右向北走吧！那里
更接近月亮。那里有广寒宫门前的
大德路，秀丽河，怡乐桥，还有明国路
凤凰街，丽江水廊，香格里拉
今夜一路向北！让一路的秋风都闯进

我的双耳。让舞袂飘飘的仙女之舟
都划向我的脑海。让川流不息的
花冠之车都停靠在我的心岸。并在
明月高悬之下，仰望或者倾听——
那些飘自北国的天云，唱着月亮的歌
跳着嫦娥的舞，弹着凤凰的曲……
今夜，我被她击痛——更被一棵桂花树
击痛！独自一人徜徉在我手制的
诗歌里，走不出月亮河畔的幽深处

2021－09－19

天边古城，云朵的天赋之境

1

穿越风雨的记忆，在云朵簇拥的
明城之上，触痛一场历久弥新的凝望——
那些曾经飘落而逝的种子，如今
长成楚楚动人的云朵：洁白的天路
峰林、牛群、城堡、客栈
古塔、瞭望台、码头、街巷……

2

让天路通向天边。在云朵之上
打捞被湮没的田野、村庄、墓碑
坟冢，咯血不止的苦难的母亲河
在梦里哭过千万次的信鸽鸿雁

烽火狼烟、东山之顶
边海之危、大河之殇

3

让秋雨洒向古城。在云烟之上
编辑故国的飞燕云雀、山路林径
松涛竹音、田庄农舍，洁白如玉的
母亲河，被日月星辰宠爱着的
延绵群山、芳香四溢的紫薇花
坚如磐石的古塔、永不枯竭的老井

4

明城，佛山的天边古城！云朵的
天赋之境！在目光之上，每一片云朵
都是故事，都绽放着芬芳与浪漫
与一片嫩叶恋爱，与一片荷叶谈哲学
与一片枫叶私奔，与一片雪花
私订终身，与一片木棉奔赴远方……

5

此刻，我拄着秋雨的拐杖，徜徉在
明城的云朵里。秋雨啃着云朵的文字
我知道，耳畔的沧江河正露出
红润而幸福的微笑

2021－11－20

明城，一部有硬度的经典

宋代的马蹄还在响。在它的塔尖之上
云朵是有硬度的。在母亲河的秋水里
厚重的乡愁，还在吟诵——
金瓯无恙，有一条无恙的大相归途
金瓯无缺，有一座无缺的天边古城

母亲河之上的东洲，遥远地飞出一只萤火
然后飘出千万朵能着光的种。书院的读书声
是有硬度的。它们以奔跑代替停歇
一程抵达一程；它们以光明取代黑暗
一座码头抵至一座码头

它们都是铁骨铮铮的汉子。所以它们的天边
它们的古城，也是有硬度的。犹如
抵至它的秋雨，云朵与所有的目光
犹如跋涉而来的颂辞，挤碎扉页的文字
刻着朱红留有弹痕的无字碑

你看——老剧院的青苔，津十二街的
青砖黑瓦，深埋苦难的古榕树，闪着深渊
墨迹的旧池塘，舞着云朵伤痛细节的白玉兰
用渔歌倾诉、用微笑表达的母亲河……
它们瞬间的灵魂是有硬度的

它们与远走他乡又重归故里的
三潭之魂一起合铸。把曾经的风中呐喊
雨中叱咤，或是丢失的侠骨柔情
就成脆响的画面，清晰的故事。像一部
重新打开的巨制经典，在揣着
红色记忆的今秋里，熠熠生辉

2021－12－25

高明人

那个处暑，我的户籍落在一片云上
我的生命安置在一块废墟里
如雨过天晴的夜空，银河打量着
飞来之物。看似一桩未启封的私物
却储存在这大神话的乡村教程里
清单是誊印的，印章闪着红字
标签上注明产地。而我早已
从北方市场被册封被打包
繁华之地皆有荒僻的入道或出道
边陲也自有风口。下一场风雨便吹来
天外的云尘，便舶来逆行的浪花
他从岭北辗转到岭南，翻过九十九道
坡地，穿过八十八道峰峦之隧
风口自北向南开。江水顺着风势
连接着他的方言与血缘——
这是一个时代的风向，自有起点
至于尽头，在他看来，没有尽头
只有一尊佛。这不属于人性的问题

也不是哲学范畴。其实越渺小的种子
一旦扎根，也会长成参天大树。无论
风向东南西北地转换，也不能让他
连根拔起。这是他从放牛娃开始
就坚定的信念。如同放养的星星
暴风雨后，他从未错位或出轨

2022－05－04

致肖云

1

云，你定是闪亮在琴弦上的音符
或是飘逸在稻花香里的渔舟
有着红润的呼吸与芬芳的脚步
在古城色的童话里
在郴江水漂白的月光下
我沉浮千年的浪漫，长出水草
静静地跟随你的光艳摇摆

2

云，自从你追逐蓝天或苍濛
近在大海，或行止佛山
你已是最洁白的一朵浪花

或是最吉祥的一缕虔诚
多么像我——曾经的松涛
祭奠着远去的天空，我该早已
沉寂了吧。我明白，我只是
故乡吹来的一粒松子，我该
早已在此海中沉默了吧——
把自己留给汪洋，像南岭之上的
一粒红色基因滋生一棵
挺拔的红松一样

3

云，你更像一个天使，而我
更像一名隐士。在这永恒着
早晨光芒的夜晚，我被一杯老酒
抖落了世间所有的遗忘——
傍着入禾家林中的风啸沉思静坐
而你，人世间少有的慰藉
多么轻柔地从天堂降下。如风雨
飘摇中一扇久违的阳光
不可思议地走向我——
像崇山峻岭挡不住我曾经
眷恋的少女，像千山万水隔不断
我至今魂牵梦绕的亲娘

4

云，此刻，我只想喝酒，一杯
接一杯地点燃我全部的心冰——
第一杯，想看你如我的初恋的脸
第二杯，想看你如我的慈母的双眼
第三杯，想看你，不！干脆捎上一枚野菊
安放于你红润的双唇间，代你我
接触彼此抖颤的手，溅泼起
一生一世满天满地深色的光阴

5

云，别再问我，我是怎样的诗人
遇见你——这梦回而熟知的
“出生地”——你就是我活着的意义
在月亮河上，我如此地爱着你的影子
故乡的，童年的……或是那些
将要来到和重新来到你身边的
充满诗意的生活中的故事——
而诗意是短暂的，诗性是永恒的

2022－11－24

第四辑

他乡行吟

在惠州西湖的夜灯下

西子，我是范蠡
为了找寻你，我已向天佛忏悔了两千六百年
我不知道杭州到惠州的路有多远
我今天刚从佛山辗转而来

今夜，我如往昔的夜一样，拖着疲惫的
身子，站在如同往昔的西湖，站在
惠州西湖的路灯下张望。张望一汪
如同你的眼泪一样晶莹剔透的清愁

西子，是你吗？我的誓语痴心不改
却道不尽你一生道不尽的哀怨
在这昼寒夜暖的西湖上
我抛下与我朝夕相伴的风信子
独自徜徉在你我曾经留恋过的断桥
小舟、湖心亭、杨柳岸……

西子啊！你在哪里？莫非

你又要出现在我的诗行里——
背对着我，端坐在无名湖的夜灯下
飘着一缕白发，托着一身素裙
在你侧仰的脸上，我看见
一抹苍凉的月光

2016－11－29

谁也无法丈量的距离

——在邓演达纪念碑前

谁也无法丈量故乡与他的距离
他奔走呐喊在涌动的暗夜里
而故乡依旧。依旧在静默中沉寂

谁也无法丈量梦与他的距离
梦，如此亲吻着他的心，如此点亮着
他的眼睛。他却倒在了遥远的
光明前夕

谁也无法丈量母亲与他的距离
在血雨腥风里，他从容面对
炮火子弹的狰狞，却毅然久久地
回望，深情告慰煎熬在苍茫大地上
受苦受难的母亲

谁也无法丈量我与他的距离
他虽已长逝，可历史却将他永久地

刻在了共和国的基石之上
永远地挺立在我的仰视之间
让我接受一场辉煌的洗礼

2016－12－06

罗浮山上的四大美人

你站在那里，有仙人湖的沉鱼之色
你站在那里，有晨钟暮鼓的落雁之音
你站在那里，有鲍姑崖的闭月之韵
你站在那里，有葛洪草的羞花之魂
你站在那里，有庙宇缭绕不绝的仙雅之气
你是谁？你是罗浮山上的四大美女

你从罗浮山上走来，从葛洪博物馆走来
你从仙人桥上走来，从我的摄像头走来
你不是昭君，却有昭君舍身报国的大义
你不是西施，却有西施抗争命运的忠贞
你不是貂蝉，却有貂蝉只身孤影的侠气
你不是贵妃，却有贵妃为君而死的痴情
你是谁？你是罗浮山上的四大美人

从古至今，从右到左，她们分别是

鲍姑、屠呦呦……还有两位
只留下她们的一张合影

2016－12－25

做名海子守望他的海母

我出生在山村，我的根是大山一样的
父亲，乐水河一样的母亲
山那边是海吗
为何母亲河向着山那边流去
为何踽踽前行的山牙子有着
村山一样蜿蜒绵长的憧憬

父亲是只勇敢的山鹰
早年飞向了大海，做了八年的海军
并将海的种子撒在了
那大山的深处
连爷爷奶奶的坟头
都指向了山那边的海空
父亲说，他的海军梦
其实就是守护祖国的海母，做名
守护海母的中国海子

我从小就以父亲为荣，早已将
一颗海的种子深埋在心底
二十一年前，我翻越到
山那边的粤北读了大学
二十四年前，我带着父亲一样的梦
南下珠三角，找到一座
临近海的边陲小镇做了一名教师
我跟我的学生讲父亲的故事
讲爷爷奶奶的坟头
讲大山像山鹰一样对大海的痴情
母亲也死了，带着一辈子未见海的
遗憾去了天国。可天国有海吗
莫非她的灵魂也随天国住进了
大海的波心

今天我陪着我的女儿，我的邻居们
嬉戏在阳江的海滩上
望着父爱一样的岛屿
迎着母爱一样的白浪
踩着柔情似雨浪漫如梦的沙滩
吹着左邻右舍爱如潮水的海风
我在想，我是海子

谁又是我守护的海母呢
亲爱的，是你吗？还是这让我
至亲无际至爱无边的
南海边锤

2017－07－26

开一扇通向大海的门

面对大海，兴叹柔心装不进
划向海心的船只，找不到一扇
通向大海深蓝的迷宫

选一处沼泽，在海滩上
将十颗柔心交予十双手，二十只足
让手足连心，挖出一口墓坑
一口海水、流沙
还有几只遭遇我们的
海贝、海蟹

面对可爱的海贝、海蟹，怎么办
是逮捕，还是释放
是互助，还是放弃
甲说，貌美肉鲜，可装饰可品尝
乙说，它们原本海族，送它们回家吧
丙说，倒不如让它们做我们的向导
丁说，它们也许压根就不想回家

戊说，尊重它们吧，凡事好商量
但有一点，我们不能放弃信仰

最终我们选择送它们回家
然后挖好一口墓坑，埋葬其中
开一扇海门，把自己变成
海贝、海蟹
等潮来的时候，大伙趁机
冲向辽阔的大海，游向海族的故乡
划向大海的深蓝迷宫

2017 - 07 - 29

赤坎，请接受我诗意的邀请

我是一朵虔诚的浪涛
吹着海陵的风，发出海母的唠叨
呼呼地，在空中飘
扑扑地，在地上摇
认清开平赤坎的方向
一路地飘摇

不顾繁华的都市
不瞅青翠的山峰
也不恋沿途清幽的河流
你看，我有我的碉楼
还有碉楼上
刮来的民国风

在马降龙的碉楼上，放一声口哨
在立园的竹林间，吹一支长箫
夏雨也不甘寂寞
悄悄地，催促午后惺忪的潭江

奔向锦江的仙桥
在仙桥下，腾起我心中
连绵的波涛

那时，我正走在锦江里的雨巷
没有油纸伞，却有
丁香一样的姑娘
向我走来
我多么希望自己
是赤坎的血脉，海归的华侨
与她执手相邀在
锦江的雨巷
潭江的仙桥

2017－08－01

今秋罗定金银水库

金银水库。四年前我与你相识
四年后我与你重逢。而重逢
却成了一场迟到的悼幕——

谁在美梦成湖？谁在泪流成河？
在你的灵魂深处，守候不是寂寞
在我的岁月里，驻足也是孤独

往事成空，追忆成冢
是您——一对装饰我梦的老人
如今成了一具风干的蝉蜕
静静摇拂在残舟与破屋间
又恰似一张旧唱片，不停地
回放你我昔日丰盈的相处时光

残舟。望不尽多少绝美的深秋
告别了多少离人的回眸
破屋。犹如坟冢！何止是

阴阳相望，更是这人间与天堂
遥不可及的永痛

谁能举起照相机，拍下今日
这凄美的旋律，这忧伤的音符
你走了，带着金银湖的泪与遗憾
我来了，拾起你走后
无尽的守候

2018－09－26

长岗坡渡槽

风口，定是心灵的渡舟
阡陌，定有亡魂的遗嘱

今秋的长岗坡。一条渡槽
掉进游子的眼，悬在仰酸的
头颅，如一支山歌
亮了，闪了，又飘走

回首。夕阳下的渡桥
不是桥，是镶了镢锹的彩虹
不是歌，是镀了钎锤的飞龙
也不是扁舟，更像一辆
古老的斗车，正驶向
远山的深幽

肃然起敬。顿然惊呼——
这汗迹与血迹凝成的肌肤
这生命与智慧铸就的铁骨

穿越世纪的风雨，你坚定信仰
犹如高山坚挺的脊柱

何处是直抵你的渡口？在这
奇遇无数的今秋，一滴热泪
夺眶而出

2018 - 09 - 28

贺州遐想

和谐号停在了贺州，恍惚之间
黄姚花海步入视野。隐动的思维
在花海里寻寻觅觅……白日的梦靥
笑得比诗眼还要灿烂。谁来安慰我
这胡思乱想结成的遗憾
是姑婆山上的姑婆？她行吗
反正我们谁也看不见她的鬼脸
云在窗外窃喜，它在窃喜谁初出茅庐
风在耳边偷笑，它在偷笑谁有眼
不识泰山？莫非它们窃喜偷笑的是我
莫非这一群独步山姥，正是
姑婆山上的姑婆？她们正双手合十
亦步亦趋地走在朝圣的路上
作出虔诚的膜拜

2019－08－23

鲁家村，桃花江上的云仙居士

夕阳下。桃花江畔上的鲁家村
就是一堆云朵。云朵之上
猪八戒笑看着大师兄孙悟空翻筋斗
北山坡下的秋蝉正在偷乐
她在偷拍唐僧自编自导自演的百寿园
沙和尚更是闲不住。他把
一堵堵白墙、一块块黑砖、一片片黑瓦
砌成徽式风格的云水禅房
玉皇大帝与观音菩萨大驾光临
一个劲地点头夸奖
你们师徒四人功德无量，为一直
受难的鲁家人，还有游人办了件大好事
来来来，陪我们四处再看看——一行人
边走边乐，有说有笑。正好！夜幕降临
今晚就在此同鲁家人、游人吃在一起
玩在一起、睡在一起吧！赶快去准备

鲁家的豆腐脑，臭豆腐……另外加邀
一个特色戏目——刘三姐对歌

2019－08－24

我看见逍遥楼在月宫之上

今夜，月宫门洞开，开放于人间
我看见逍遥楼在月宫之上灯彩辉煌
我看见溢满银色光芒的广寒宫墙台上
嫦娥领着无数的宫女在舞蹈在歌唱

我坐上漓江华彩般的游轮，披挂着
桂林桂花香的夜色，迎向这艘
来自月亮河的巨轮。如此逍遥的夜
如此烂漫无比的世纪之约

五千年来，逍遥的漓江及其浪漫的漓江水
有过今夜如此逍遥如此浪漫的情怀吗
同样，亿万年来，孤独而行的月亮
及其寂寞难耐的嫦娥有过今夜
如此妩媚如此娇艳的释怀吗

今夜逍遥楼逍遥，犹如逍遥游的鲲鹏
在逍遥自在的漓江之上，展翅高飞

在飘荡着桂花香的夜空之下
我吸吮着逍遥的芬芳，陶醉在
人群里

2019 - 08 - 25

状元廊

灰白与墨色，雕像与文字
辉映着桂林城不同凡响的历史沧桑
和时代光芒。厚重而浓缩的
立体史书，被一个个响当当的“风物”
托起，浮现，无声地诉说——他们
所属时代赋予他们的梦想、使命与传奇

历史永远是现实的一面明镜
而如镜的现实永远不会在崛起复兴的
文明国度里泯灭历史的荣光
因为安详璀璨的夜永远是奔波旋响之昼
最好的慰藉与归宿

无论是穿梭其间的脚步，还是
徜徉其中的心跳，都在由真实的内容与
想象艺术架设的天桥之上，撑起

道道不朽的信仰；在瞳孔与摄像孔
交接的深邃里，奔腾着
腔腔相连的热血波光

2019－09－02

伴手礼一条街

一条夜海的渠，荡着刘三姐歌声的
妩媚，将油纸伞谱成的雨巷
从戴望舒的民国吟至时下的桂林

大红灯笼高高挂！梦断了多少
山东好汉的痴情？从凄冷的月夜
出走，没有眼泪，只有搏杀
一条血路的“誓不回头”！
闯关东！出塞北！一群群天不怕
地不怕的中国人，硬把一身铁骨钢躯
打磨成万里长城一堵青铜色的肌肤

我是闻着含着爱着这夜海的夜猫子
眼睁睁地看着一群又一群的鲤鱼
跳进了龙门而不敢出声
伪装？不行！要变就变成一条鲤鱼
不再走出这夜海里

2019－09－02

桂林的夜

在豆腐臭香的夜空里
戏台处处，缥缈着近水远山的歌
荡着漓江晶莹的光影，也漾着
润藏三花、桂花酒色的呼吸
还有那四面的风裹着的喉咙咿呀
眉飞色舞……每一寸俯仰，都是
荡气回肠的入剧序幕，出剧尾声

主角换了，观众也换了
此刻，吮吸着远古的清香
醉在画中……

这八方的客，哪一张脸
不缀满笑声；举手投足，哪一刻不系
着一个“情”字，哪一个背影
不牵着一双泪眼

如梦初醒，一根青丝留在了它的

床沿上

2019－09－05

桂林的胎记

我千山万水找寻你，打听到你的名字
你的名字暗示我，你可是我失散了
2300 年的儿子。我的儿子数以亿计
繁衍生息，已有上下五千年的历史

我在你的出生簿里，记下了你的
生辰八字，乳名，血型，体重与族性
你是我开疆拓土的时候，把你随寄的痛
你跟我所有的心肝宝贝一样
流着我的血，说着我喊你的母语
不管你姓什么
都不忘我是你的生母而将我一生供养
都是龙子龙孙，都是龙的传人
你是最孝最忠的一个，始终怀着
一颗我龙家的初心

今天，我来了，站在我朝思暮想的
儿子——桂林面前。端详我儿的样子

抚摸我儿的脸、额头、肩、背、发丝
猛然间，翻开我儿的衣着。在他的
背脊上，发现了他的胎记——龙脊梯田
哦，没错，这可是我儿的胎记啊！
来来来，让我再好好看看，让我
戴着眼镜仔细瞧瞧，望望——

根根铁骨，沉静了 2300 年的岁月沧桑
缕缕云烟，缥缈在海拔 1800 米的龙脊山上
袅袅山歌，萦绕着千古不烂的“麻烂村”
四季变彩的青波绿浪，流淌在
直挺挺的吊脚楼旁……我仿佛看见
当年我的儿辈，在这与世事纷争
远隔千里的地方，刀耕火种，安营扎寨
娶妻生子。走出了一条条山径
筑起了一座座木楼，开垦了
一块块粮田

哦，山鹰般的梯田，展翅。卧龙般的
梯田，腾飞。它是我儿攀山登天飞梦的
背影！它是我儿永恒不朽的脊梁
它是桂林的胎记，它是桂林的
生母哦，留在他身上永远
也抹不去的血印

2019－10－19

第一次到深圳

继军倡议，高中同学在深圳
聚会。班长来电，我报了名
今天中午，我打开导航——
显示：从佛山高明到深圳
有三小时零六分钟的路程
这可是我第一次去深圳啊
那里有亏欠已久的同学、朋友

我驾车，从广明高速公路
转向绕城高速公路，再转向
深圳近海沿江高速公路
最后转向沙湾路
便到了一座城中村
它的名字叫“悲砍”

一场大雨。将我抛离了

聚会点。后来，一位阿姨
领着我，走出了迷途

2019-08-17

登深圳梧桐山

昨日的台风雨捎我一路
就为能靠你身旁住下，听你
绝恋的悲歌

一座小渔村，因你而招来百鸟
唱响春天的故事。在我的梦地里
你无比端庄高雅，就像
浴火重生的一朵凤凰花
而我呢？我只是迟到了的，被
远古之风吹来的一片诗经
矜持地站着，映衬着
你的天空

你是早年被母亲狠心推至风口
浪尖的女儿，是一块黝黑坚韧的
岩石，是一条渔船——随时将
来自东方之珠的海潮，溅起
浪花与泡沫

如果我是慕名而来的
一片云，那么你就是我在深圳
留下的一缕阳光的别恋

2019－08－20

整个徐闻都在举行婚礼

把侄女送出酒店，发现
星海湾前的星海街都，端出了
凌晨五点的花车
一部，两部，三部……各自
等待最好的时辰点炮开拔
纵横的街，交错的巷
花光车影，走过这条街
又穿过那条巷。在宗祠的
门墙或花树上
一串串鞭炮，像刚谱写的
冬季恋歌，随时唱响
琼州海峡和雷州半岛的
春暖花开。2020 年
腊月二十四，恰是南方小年
整个徐闻都在举行婚礼

2020 - 01 - 19

飘飞在仙鹤湖上的鹤影（组诗）

神秘者

明月高悬：高明人说高明
山有佛光普照：佛山人说佛山
山无鹤而有其名：鹤山人说鹤山
我非鹤山人，也能说鹤山

猜猜我是谁？我从《诗经》的
芦苇荡里迷路走失，在几千里之外的
南蛮幽境栖息

千百年之后，我才知道——
那座山叫鹤山，那条江叫西江
那块沙洲叫古劳，那片湖叫仙鹤湖
猜猜我是谁

驾一辆云车归来

这是托梦的天堂，还是投胎的人间
这缥缈的云帆仙舟或琼楼玉宇
是人间的入口，还是天堂的出口
这云纱雾罩缠绵的西江之水
是七仙女吟诵的情诗，还是
嫦娥洒下的泪滴

我没有情诗，也没有泪滴
在这芳菲四月、烟雨江南的早晨
捎上四名仙人，驾一辆云车，飘落在
这非似古劳却胜似古劳的江滨

怀揣百分之二十的眷念，冲着那块沙洲
百分之三十的念想，冲着那座山
百分之五十的迷恋，冲着那片湖

飘飞在仙鹤湖上的鹤影

世间无鹤！只残留一些支离破碎的
记忆。而我留给世人最后的印象也随着
“月下鹤飞”的绝唱而荡然无存

人生最美，莫过于残缺。而无法弥补的
残缺，却是人生最大的遗憾
正如人类梦回天堂却到不了天堂

芳菲四月尽芳菲，江南烟雨闹江南
久违了鹤山、古劳、仙鹤湖、仙鹤茶……
我回来了！为弥补世间诗人、画家
残缺的遗梦，也为了却我
千百年来的心事

捧上一口湖水，喝下一生一世的烟雨
摘下一片羽翼，化作四季的芳菲
或月下飘飞的鹤影

2020－04－13

大雁山

鹤山深处有仙鹤和大雁——
四月的烟雨化满一池湖水，仙鹤
归来，定居在这远离江湖的
人间真景。大雁呢，在哪里

反季节而来访的，不只是我
还有这吹拉着蝉噪的风、雾霭
莫怪这守山代主的鸣蝉——
北飞的大雁，正穿过蓝天白云
穿越历史的爱恨情仇……

这是 2020 年一个夏天的午后
我在这里，四个兄弟在这里
来风亭和疏竹在这里
雁鸣谷和仙玉潭在这里
流星瀑布和西江水也在这里
大雁啊，你在哪里

那位叹着日暮思乡关的诗人
要是也能成为一只仙鹤，该多好
不知北飞的大雁，可曾
见过那片唐代的征蓬
听见胡天冷月下的萧关燕然
大漠里吹起的悠悠的羌笛

2020－06－20

在阳西月亮湾的近海处

她在等一个人。在广寒宫门前
在沙滩之外，一袭的白
从远处吹来的曲子，在她的
头上，脚下堆满积雪

那个人在白天里，不像他的父亲
能把心全部交与她。他只泡了
一个下午，便带着心被盐煮油炸的疼
上了岸

是他的悲伤惊扰了她的酣睡
她的宿命，就是给人间呈现一面
镜子——认清自己，放下即回

她在等那人，她要确认这一切
在阳西，在月亮湾，在沙滩之外

他就躲在她的身后，立在
月夜下。一抹清凉，拂过两条
小溪流，没有一丝咸味

2020－07－25

沉默的韶关

历史是沉默的。庙堂之上之下，生发的风声
车马声……都蜷缩在一本史书的浪头里
如同一幅开张的曲江血脉图，遁形于岭南之外
又低吟回响于一首千年不绝的诗歌里

诗歌是沉默的。它沉默得像黑夜里的
那片海，灯幕下的那盘棋。一轮明月升起
它依旧沉默；一代开元盛世登场，它还在沉默
它沉默于子寿灵动而苍劲的笔袖间
它沉默于九龄温文尔雅的谈吐中
它沉默于曲江跌宕而清澈的波心里

诗人是沉默的。天下第一考神！子寿之笔
从容击沉"重试门"的傲慢与偏见
岭南第一相！九龄之眼，天生一面照妖镜
看破宋璟之流的奸相，识穿安禄山之辈的反骨
岭南诗祖之子！曲江之心，诗心一颗或
丹心一片，善美纯正，刚柔相济，矢志不渝

上忠国君朝廷，下爱天下苍生

韶关也是沉默的。她沉默至今，俨然
一轮走出黑夜之躯的明月，腾升在一汪
闪耀着新诗的寂寞光亮的大海上，浓郁如诗
芬芳如歌。耳畔外，凝眸处。沉默的韶关
正载着曲江御风渡海而来……

2020－09－17

天上人间看人间

“红霞”染遍了地府的上空
海龙王正在英烈的旧部原台上
拉响九一八警报——七十五发胜利的
礼炮，从人间的海上登陆
顷刻之间。大地之上，风起云涌
豪气弥漫，泪眼婆娑

一腔腔鲜血，一眶眶热泪，正
书写在这辽阔壮美、神奇和平的土地
当举杯邀月，当把酒请仙，当直上
九天，告慰一切消去久远的英灵

海龙王乘着红霞来到人间
我坐着飞机上到天间
你在地府看天堂，我在云海之上
看遍三重天上人间

2020－09－19

赴约南昌

收到女儿大学录取通知书
更像是收到一份发予我的邀请函
9 月 22 日，女儿开学报到日
沾光托福，如我所愿——
平生总算与江西南昌
结下赴约之缘

动身之前。我拼凑起
南昌这座梦里之城的零星碎片
一场秋后的台风雨，拉小了广东
拉小了广州，拉小了白云机场
却拉长了我的影子。我的
灵魂早已在路上
像早已起飞而驰的云，直抵
昌北的城门

湛蓝的苍穹之下，云海茫茫
我看不清南昌的身世

2020－10－18

坐着高铁去重庆

上了 1864 号动车，真的，你完全
由不得自己，除你的目光与思维之外
从广州南站到重庆，七个半小时
对我来说，煎熬难耐多过赏心悦目
还好！桂林站之前，我都在以悲情的
鼾声抵御瞌睡虫的嚣张气焰
感恩这突如其来的淡定之态，收获
都是意外！瞌睡虫终将被打败
而我初遇云贵高原的原动力与好奇力
即便涌动如初且势大力沉，但也在
动车强大的挟持之下，被拉进了
神往之地——贵阳，遵义，重庆。我发现
每到之处，我不过是一缕呼吸
呼出的是一腔积压已久的梦魇，吸进的
是一睹为快的目羡与惊艳——
在贵阳站，我冲出了动车……
在龙里站，我冲出了动车……
在遵义站，我冲出了动车……

在重庆站，我冲出了动车……
高原之上，火辣辣的阳光斜挂如丝，拂着
我这粒从天边抖落的尘埃或从深谷
陡然出鞘的魂灵——假如我执拗不来
1864 号动车每天照样开，每天照样
拉着一车人穿过云贵高原
谁会知晓我来过贵阳，来过龙里
来过遵义，来过重庆，在长江江畔
晃悠了四天……

2020－10－23

昌北机场

一块愈合的伤口。以犀利的翅翼划破
一座城市长空的梦夜，在它朝北的
背脊上，发出黎明般的轰鸣

火红发亮的眼睛啊！是南昌城伸出的
手掌。集聚着所有垂青于它的
目光——河流奔涌而来，山峰
与森林起舞弄影……天窗内外，鸟儿
在飞，白云在飘。像一片海，有
可爱的鱼儿追逐着豚儿、鲨儿
像一口湖，蜻蜓正立在夕阳的枝头

一道出口，或是一道入口
了却了多少城市的乡愁？那些漂泊
而归的风儿尘儿，承载了多少
滚烫的泪珠？此时彼岸。又有多少故事
在牵连不断地上演？遥远不是距离
对等或不对等，一对一，一对十

一对百。千万条天路！直通人间
天堂。天河两岸的牛郎织女哦！早已
牵手搭肩，经营着共同的家园

可怜那些大半辈子低头行走在大街小巷的
南昌人啦！他们何曾光顾过这里呢
也许到死后他们就能由此上天了吧

可是他们却将平凡的日子活成笑脸
活成鸽子的模样。因为他们是流淌着
南昌这座英雄城市血脉基因的人

2020－10－02

登临滕王阁

亲临赣江边，翻阅一本开放了
千百年的书籍。才发现朱红与江白
古城色、山青黛，原来是
最搭的色彩

被它遗忘的，除了别处的河流
山峰，还有我——一个对它心驰神往的
读者，至今将它的名字刻入心底
被人提起的，除了南昌人，还有
自南向北的赣流

当然还有我，懂得南昌城忠诚于
首都长安至今神韵未改的初心
主角未必是第一个出场。后来居上者
比比皆是。譬如王勃，被遗忘的
配角，他的诗序却与他的傲骨
相守至今。而常被淡忘的，正如那些
见证、呵护并造就他体魄的臣民

一条河的流向，决定不了它的信仰
一座山峰的座次，也决定不了
它的立场。尽管它们各有各的心事
长短高矮肥瘦的历史
请看那些对它膜拜而络绎不绝的
后来者吧！当然不排除有的
是些无知的跟风者，但有一点是
铁定的事实——功过是非，或是
艺术寿命的质量，并非你一个人
在那里胡乱瞎扯的

2020－10－04

在八一起义纪念碑前

一声枪。还在红色经典的扉页上
响。秋雨下，一座碑，打湿了来自
和平之国的每缕阳光，也打湿了
一个过客向她敞开的心窗

刺向长夜云瘴的那声枪
像一支恣肆汪洋、豪情万丈的
诗笔。挥洒在历时九十三年的恢宏
巨制里。每个感叹号都是丰碑

一声枪，一座碑！都在城市的怀里
揣着，也揣进了我的国，我的
少年梦。今夜，在滚烫的
秋雨下，她在诉说——只为我一人
只为我几十年来未能如愿的
遗憾或梦，一夜弥补兑现

2020－10－06

老南昌的街巷

带着红色硝烟味的情结，我从枫林路的
秋色里，挤进老南昌的市井人家
来不及拨顺倒时差，又被炊烟飘香的
灰白记忆冲淡

一道道似是而非的阅读选项
偏偏出自一组朦胧的诗歌。我绕不出
红墙黑檐的扉页，走不出
狭窄平仄的字里行间。那些
宁静蹒跚的微光弱影，像拾掇岁月的
古藤，爬上了我风雨交加的眉间
直抵我乡愁弥漫的心岸

心涛翻涌，浮出失散多年的五线谱
朵朵都是我多年哑然失声的音符
陶渊明走来，许真君走来，王阳明走来
徐宏谋走来，孙中山走来……
从渊明路，从棕帽街，从阳明路，从

中山路，他们各自走来……

那些蹲在蛤蟆街卖蛤蟆的农民
那些站在萝卜巷叫卖萝卜的村姑
还有那些没有名字的街头小巷
正被倒垂的天空释放它们的故事、踪影
与回声。我正用手指轻轻地弹奏
这些碎落如金的灰

2020－12－23

落一个吻在重庆的额头上

我是太阳撒落于你的黑子，在你迎接
灿烂星空的额头前，燃起一支火把
瞅瞅瞧瞧你的真容——

从渝都高铁站、山城大巴、嘉陵江畔
沙坪坝、朝天门到洪崖洞、解放碑
一棵树，再到白公馆、磁器口……
那些云消雾散的笑有多美！
那些飘飞随踪而久违的川音有多美！
美过岭南大地上我每次
邀出的那缸黄昏

像是多年以前你向我发出的那些暗语
那些属于我们每次秘密接头后
共同书写的血色浪漫、红色传奇
难以抑制的疼痛源于彼此
无可奈何的苦衷：隐秘而悄然转身……
难以品尽的思念一滴一滴地舀出

又一滴一滴地储存在一大缸
月色的酒水里

无言的结局并未被繁华的岁月冲走
初见犹如重逢。初见你的城
重温你的魂魄。捎一声呼唤
在你身后的晴空里，落一个吻
在你的额头上

2020 - 11 - 26

坐上驶往天街的早班轻轨

没人告诉我上天堂的路有几条，怎么走
我知道——
靠近西天，天堂就不远了
靠近高原，西天就不远了
靠近我的左手，高原就不远了

天堂里有街市。这是中学时一位
诗人告知我的秘密。只可惜——我不再是
牛郎，我没有骑往天堂的牛，没有
照向天梯的灯笼。天堂里也没有
我的织女，我的织女早已改嫁去了远方
我在南国蹲佛打坐了那么多年
人们的奢望早就升格到了一点即通的手机
飞机、高铁……什么牛啊、灯笼啊
谁还会记得起

好想到天上的街市去走走逛逛
这是我早年便种下的矜持！如今到了

想说就说、想走就走的返还年纪
就由着一股脑儿的劲启程上路吧——
坐着从佛山开往西天的高铁，揪住珠三角
西粤丘陵、桂林山水的阳光，穿爬云贵
川藏高原的云岭雾峰，将自己落脚在
四川盆地的重庆。据说这里到处都有
通往天街的出口。我信了，真的

98 层拉裴皇庭的天台，就是其中一个——
在缀满天星的夜幕之下，这里灯光灼灼
人头攒动。凌晨 5：30，一张票，从
光影胶着的指缝间挤出。我坐上了
驶往天街的早班轻轨

2020－10－30

在磁器口飘成一粒尘

有多少张口，才能盛下一座古城的
日光和月光？长江、嘉陵江奔流不息

谁知道这里容下了多少片天空
它生长的深度、宽度、高度
没人揭晓它全部的秘密

它是一张充满磁性的口——不仅装下了
山城的山，雾都的雾，陪都而葬的
血泪、尸骨与文字，还吸纳了
五湖四海的目光、八方来客的
贵足尊身

不是把玩一块瓷器，就能读懂它的质地
不是吃一碗担担面，就能尝尽它
背后的酸辛。不要以为喝一回
麻辣烫，就能喝出它的“真爷们”
不要以为往那厚实的青石路上踏一遍

就能踏出它的古今

再长的脚，也丈量不出它的深邃
再多的“落叹”，也溢不出它的眼睛
往它口前站，摄出一缕痴
从它口中入，飘成一粒尘

2020－10－30

遇见棒棒

古老的时光偷跑出来，晒着磁器口外的
太阳。两个棒棒，正好遇见
打靶归来的秋风

码头与桥头，哪个是最应景的头儿
一壮一削，一坐一站，一短一长
多么亲切的扁担哥——这可是
多年被我遗忘在骑山坳里的那些
踏着夕阳而归的父老乡亲

两根扁担像两枝兜着微寒的树杈
袒露山城一样的轮廓与肌肤
嘉陵江畔的浪花涛声啊！怎比这些
光着膀子拾级而上的川号子

他们沉重的脚步、坚挺的背影
加重了我的心疼。我屏住惊呼，怕
惊扰他们的梦与心跳——

生活将他们压向土地，而土地却
将他们高高托起

2020－12－01

一本草堂遗落在琴江之畔

我常在秋天里，涉足溪水
盼着与白须飘飘的少陵野老相遇
或向一朵酷似他的云朵
载两眶茅草的目光

多想还原一场春望，还原盛唐的
故国之殇，花鸟之痛，还原
被朱门酒肉熏埋的死骨……还原一匹
瘦马，颠簸在华州古道上
呜呼于浣花溪畔

再搭建一间草堂，替他
截取秋风。在鳞次栉比的广厦间
栽下一本草堂，结出淬炼的
文字、切肤透骨的风

我开始收获第一本草堂
然后第二本，第三本，第四本……

在仓庚的枕边，在秋风的衣兜里
可今世今生，它被遗落在梅州
琴江之畔。我不后悔

2021－11－25

迷失在岔道口

那是一道迷失在记忆里的
岔道口。缘于记忆的
藤蔓，一根拐杖，搀扶父亲
也搀扶我的目光

我宁可把目光掩埋在
平地。选择，有时很简单
就是保持一只手能够打捞
另一只手的距离。可父亲的手
却被他的脚提携在他脑海

这是一条悬挂在半山腰的
岔道口。父亲的心仍在努力地朝上
而我此刻只能选择陪他
走下坡路

2022 – 08 – 09

又见鸟鸣

好几年，没见着鸟鸣了
当然，听着是时有的事，或在
梦中，或途经的远处
驻足而听的

这间隔于世的春天
来得如此艰难，以至悄然
分不清这梦里的夏或这醒来的秋
于是，开始敏感。开始捕捉
于这世事的阴晴变幻与
光影的声色抵足

一声鸟鸣，接着又一声鸟鸣
从眼前或身后绽开。像绽开的
花树，绽开着一声声鸟鸣

2023－03－10

请接受我这迟到的霜降

上辈子拖欠的，这辈子总还是要还的
请接收我这迟到的霜降，接受我
这份拖欠的馈赠

别怪我突如其来、没有预约的造访
在你饱受风寒、瑟瑟发抖的
日子里。只有上苍知道
我有多么爱你

说的也是，那些我拖欠你之后的
和这些我馈赠你之后的，一定是
截然不同于往常或往年的两种
情状、两种局势、两种况味
正如这人间大过年的新春佳节
一场场白霜之降，隔三差五地造次
你的大地之晨，你的尘世之苍
气温在零度以下，天穹一片瓦蓝
东山顶上升起红彤彤的熹微……

这个已不重要了，重要的是你能从中
领悟到什么。天道还是人道
必然还是偶然，或者别的
这些也不重要了，更重要的是
上辈子拖欠你的，这辈子还上
而且超量超质地还上

那就请接收我这迟到的霜降吧
接受我这拖欠于你的馈赠，在你尚未
对我失去全部耐心的时光里。尽管
只有上苍知道我有多么爱你

2023－01－28